• 衛斯理小說典藏版 22 •

沉船

衛斯理
親自演繹衛斯理
《沉船》

新之又新的序言，最新的

衛斯理小說從第一次出版至今，歷時已近半世紀，總共出了多少正版，還能計得清，若是連盜版一起算，那就算找外星人來算，也算勿清楚哉！不知能不能也算世界紀錄。

算得清好，算勿清也好，能幾十年來不斷出新版，說明不斷有讀者加入，對作者來說，沒有更值得高興的事了，謝謝所有喜歡衛斯理的人，謝謝謝謝。

倪匡

二〇二〇年六月四日 香港

幾句話

寫了四十多年小說，論者將拙作分為三個時期：早、中、晚。在明窗出版的一批，屬於早期和中期的上半。三個時期的創作風格有相當程度的不同，所以風評不一。本人並無偏愛，但讀友對早期的作品，頗有好評，大抵是由於在早、中期作品之中，主要人物精力充沛，活力無窮，所以使故事曲折多變，小說也就格外吸引。明窗出版社此次重新出版這批作品，正好讓大家來證明這一點。

四十餘年來，新舊讀友不絕，若因此而能有新讀友，不亦快哉！

二〇〇五年十一月六日

序言

《沉船》這個故事，一開始就提及了鐵達尼號沉沒的事件，現在來校訂，看來很是新鮮，因為近日來這艘沉船已被發現，潛艇攜帶的攝影機，把巨大的船身內外，清清楚楚地拍攝了下來。奇的是並未發現數以千計的遇難者的屍體，使事件神秘性又增加了一重。

這艘沉船，雖然已在海底發現，但不知何年何月才能從海底打撈起來，看來，它仍然穩穩是所有沉船中的主角。

這個故事其實是討論人是不是可以在海洋中生活的可能性。也許由於生性喜愛海洋，所以對於這樣的題材，十分有興趣，「沉船」之外，曾在一組「非人協會」的幻想故事中，創造了一個自幼被一群章魚在海中養大的人，被稱之為「海神」的，設想更奇。

而這個題材，實在還大可發揮下去。

有趣的是故事最初發表時，白素的哥哥，變成了弟弟，名字也由白奇偉成了白勇，那自然是執筆當時不記得了，現在，把兄妹關係改過來，但名字沒有改，白勇，很好聽的名字，姓白名勇字奇偉，有何不可？

衛斯理（倪匡）

一九八六年六月卅日

目錄

第一部：海面上的「鬼船」……7
第二部：出發尋找「鬼船」……25
第三部：隱瞞着的怪事……51
第四部：一個死了一個瘋了……71
第五部：海底怪人……91
第六部：鬼船的進攻……117
第七部：白素的日記……137
第八部：大規模探索失敗……149
第九部：隱蔽的歷史秘密……163
第十部：古堡……183
第十一部：秘道下的白骨……205
第十二部：人魚……227

第一部

海面上的「鬼船」

歷史上最驚心動魄的沉船事件，大概要數鐵達尼號郵船在她處女航行途中撞冰山沉沒的那一樁了。

當然，在鐵達尼號之前，還有更多的沉船事件是十分令人吃驚的，但是由於事情發生的年代久遠，沒有了確實的記載，是以給人的印象也就不那麼深刻。例如蒙古大軍東征日本，全部艦隊遇颶風沉沒一事，一定更加驚心動魄，但是實際情形如何，已不可知了。然而鐵達尼郵船的沉沒，卻發生在近代，通訊方便，不幸的消息，瞬即傳遍世界各地，更有人將之寫成小說，編成電影，印象深入人心，所以變成了人人皆知的一次沉船事件。

最近，美國一家電視公司攝製一個科學幻想性質的電視片集，涉及時光倒轉，其中就有一段，以鐵達尼郵船的撞冰山沉沒事件來作題材的。大意是說，有兩個現代人，由於「回」到了幾十年之前，忽然發現身在一艘大郵船之上，繼而發現那艘郵船，竟是鐵達尼號。

這兩個人自然是知道鐵達尼沉船的大悲劇的，於是，他們大起恐慌，找到船長，告訴船長說，他的船會在某時某刻撞冰山沉沒，船長當然不信，將他們兩人當作瘋子，囚禁起來。

但不幸終於發生，就像歷史所記載的一樣，鐵達尼號終於撞上了冰山。

這是設想很奇的一個故事，但這樣的故事，如果由我來寫，我一定要將之稍作更改，改成那兩個人向船長一說，船長開始不信，後來相信了，改變鐵達尼號的航線，結果反倒撞了冰山，遭到不幸，正如歷史所記載那樣。

這樣的更改，也是有原因的，因為鐵達尼號的悲劇，自始至終，都籠罩着一重神秘的氣氛。第一，在航線中，不應該有巨大的冰山；第二，以當時船上的設備而言，就算有冰山，也可以及時避得開，但是結果，卻陰差陽錯撞上了去，釀成了巨大的悲劇，可知當時一定有什麼古怪的事情發生過，說不定，真有兩個回到了過去的人，好心反而造成了禍事，也有可能的。

這篇故事的題目是「沉船」，是說一艘船沉在海中的事，和時光回歸問題無關，而所涉及的船也決不是鐵達尼號，其所以用鐵達尼號來作為開始的，是想說明，在變幻莫測的大海之上，是沒有「絕對安全」這回事的，任何想像不到的古怪的、神秘的意外，都可能發生。鐵達尼號就號稱是「永不沉沒的船」，但是處女航行，就沉沒在海底，現在科學進步，船的安全設備更好，應該沒有問題了，然而，什麼船隻的安全設備，好得過核子動力的潛水艇？美國的一艘核子動力潛艇「長尾鮫號」，還不是在大西洋海底沉沒，原因至今未明麼？好了，大海是莫測的，任何意外皆可以發生，但是人類對於航海的熱中，自幾千年前開始，一直到如今不衰，並不被神秘的大海嚇阻，是以沉船，幾乎每年皆有，已算不得是什麼特別的新聞了。

我有一個朋友，間接和我約了一個約會，那位朋友說，有一位摩亞船長，有一些事要和我商量。

我和摩亞船長的見面，是在一家酒吧之中。

在我的想像之中，一位船長，一定是留着絡腮鬍子，身形高大，神態莊嚴的中年人，穿着筆挺的制服，袖口和領上，鑲着金邊，神氣十足的人物。

可是，當我走進那家酒吧的時候，卻看到一個膚色黝黑，身材瘦削，動作靈活，穿着便服，至多不過二十七、八歲的年輕人，向我走了過來。

那年輕人有一張十分和藹可親的臉和一雙靈活之極的眼睛，他一看到我，就伸出手來：「你是衛先生吧，我是摩亞。」

我奇怪地「哦」了一聲，道：「摩亞船長？」

他點了點頭，和我熱情地握着手：「是，終於能和你見面，我真高興，我母親是毛里族土人，我最拿手的本領，其實是划獨木舟！」

我給他的話逗得笑了起來，我立即喜歡他，因為他是一個十分隨和、一點也沒有架子的人，我和他一起坐了下來。

他給我的第一印象，是一個活潑、坦誠的人，是以我以為不必和他多說無謂的客套話，我道：「船長，那位朋友說，你有一件很為難的事，找我商量，多謝你看得起我！」

摩亞船長笑了起來，他有一口潔白、整齊、細小的牙齒，這種牙齒，可能是毛里族人的特徵之一，他道：「首先，別叫我船長，船長是我的職業，如果你以我的職業來稱呼我的話，我也要以你的職業來稱呼你，那麼，你就變成出入口行董事長、冒險家和作家了！」

我又笑了起來，道：「好，摩亞，你對我似乎有足夠的了解，那麼，你要找我商量的是什麼事？」

摩亞臉上的笑容，漸漸斂了，變得很嚴肅，他在沉默了半晌之後，才道：「首先，我得先介紹我自己，以免你以為我所說的話，是一個毛里族土人的胡說八道。」

我攤了攤手，道：「好，我不反對。」

摩亞船長道：「我母親是一個普通的毛里族人，並不是什麼公主之類，她未曾受過任何教育。我父親卻出生在一個十分富有的家庭，所以，我自小就和白種人一樣，受正規的教育，或許由於我有一半毛里族人血統的緣故，所以我特別喜歡航海，我在大學讀了一年文學之後，終於放棄了學業，改學航海。」

我點頭道：「凡是富於冒險性的人，都不會去讀文學的，即使他的志願是當作家，也不會。」

摩亞又笑了起來：「從航海學校畢業之後，我就一直在海上生活，我被選拔為船長，還是一年前的事，我敢保證，那完全是由於我個人的能力，而並不是由於我父親握有大量輪船公司的股票。」

我笑着道：「這一點，好像不必懷疑！」

摩亞聽得我那樣說，笑得十分高興，但是隨即他又嘆了一聲，道：「不過現在，我沒有船。」

我揚了揚眉，摩亞苦笑道：「我的船沉了，沉船事件正在調查，在調查未曾結束之前，我不會有新的船，而如果調查的結果，沉船是由於我的過失——」

他講到這裏，停了下來，呆了足足有半分鐘之久，才用黯啞的聲音道：「那麼，我永遠不會有船了！」

他在那樣講的時候，我覺得十分難過，因為我看出他是那樣地熱愛航海，那樣地喜愛他船長的崗位，如果他以後沒有機會再掌握一艘船，那麼，對他來說，是一項無可挽救的打擊！

一時之間，我想不出用什麼話來安慰他。因為一艘船的沉沒，有許多原因，而且，聽他約略講了幾句，似乎他要負主要的責任！

摩亞的神情很難過，他低着頭，半晌，才從身邊的公事包中，取出了一幅地圖來，打開，指着一處，道：「這裏，就是沉船的地點。」

我向他所指的地方看去，認出那是百慕達附近的大西洋海圖。

在這裏，我加插一些有關百慕達島的所在地形的話。百慕達島在大西洋，它可以說是孤立在大西洋之中的，在地形上而言，十分奇特，打開地圖來一看就可以知道，百慕達以南，一千多公里，才是西印度群島，以北，相距也在一千公里左右，而向西，情形更可憐了，幾乎要經過相當於橫越美洲大陸那樣的距離，才有一些群島出現。

也就是說，在百慕達四面，一千公里的範圍內，幾乎沒有任何在地圖上可供尋找的島嶼。

自古以來，航行百慕達，就是航海家認為一件十分困難的事，在海中航行久了，是什麼怪事都會發生的——這是老航海家的口頭禪。

我一看到摩亞所指的地方，是百慕達以南，約莫一百公里的地區，我就呆了一呆：「我有幾個航海界的朋友，他們稱這個地區，叫魔鬼三角區，那是航海者的一個危險區域。」

摩亞苦笑着，道：「我的船，就沉在這個地區！」

講到他的沉船，他的聲調之中，有一種特殊的傷感，而且，他似乎不理會我在説什麼，只是自顧自地向下説去，他道：「我的船，是一艘中型的貨船，有着相當先進的設備，一共有二十六個船員。」

當他講到這裏的時候，他的聲音更黯啞了！

從他的聲音中，我可以聽得出，這次沉船事件，一定還有更大的不幸在當中！

果然，摩亞抬起頭來，道：「二十六個船員，他們……一個也沒有生還！」

摩亞的雙手，擱在地圖上，緊緊地握着拳，他握得如此有力，以致他的指節隙，在發出「格格」的聲響來。

我伸手在他的拳頭上，輕輕地按了一按：「有時候，災難是無法避免的，你何必將這種不幸，完全推到自己的頭上？」

摩亞苦笑了起來：「只有我一個人生還，這一點還不是要點。關鍵是在於我，在出事之前，曾下令改變航線，所以船沉沒的時候，是在正常的航線以西二十里的地方，這就是我的責任！」

我聽得他這樣說，不禁呆了一呆，一時之間，不知說什麼才好！

一個船長，如果沒有充足的理由，而變更正常的航線，導致一艘船沉沒的話，那麼，這位船長，是絕對無法推卸責任的！

如果摩亞的船，的確是因為他錯誤的判斷而沉沒的話，那麼，他以後可能不會再有機會當船長了！

我望着他，好一會，才道：「那麼，你是為什麼才下令改變正常航線的？」

摩亞深深地吸了一口氣：「我改變正常航線的原因，曾對調查庭說過，但不被接納，所以，我只好來找你，對你說！」

我也不禁苦笑起來，心中暗忖：對我來說，有什麼用？我又不能改變調查庭的決定。

摩亞直視着我，這時，他臉上的神情，足以使任何人毫無保留地相信他所說的是實話，他道：「衛先生，我看到了鬼船。」

我陡地一震，大聲道：「什麼？」

摩亞重複了一句，聽來他的聲音很鎮定，他道：「我看到了鬼船。」

我雙手無意識地揮動着，想說什麼，可是卻又沒有聲音發出來。

我又必須解釋一下，所謂「鬼船」，實際上，幾乎是一個專門名詞，專指那類沉沒的船，在某種情形下，又會出現在海面的情形而言。

「鬼船」雖然無法用科學觀點來解釋，但是卻有着數十樁以上親眼目睹者的記錄，只不過，那大都是十九、十八世紀的航海者的事，目睹鬼船的人，可以清楚地說出，他們所看到的船的情形。然而，進入二十世紀以來，似乎還沒有什麼確鑿的「鬼船」紀錄！

我揮動着的手，停了下來，摩亞道：「你知道鬼船是怎麼一回事？」

我點了點頭，想說話，可是仍然不知該說什麼才好。

我沒有出聲，摩亞又道：「不止我一個人看到，大副也看到的，可惜只有我一個人生還，所以完全沒有人相信我的話了！」

我總算迸出了一句話來：「當時的情形怎樣？」

摩亞道：「當時，是淩晨一時，當值的是大副，首先看到鬼船的，實在是他，我正在看書，還沒有睡，大副來敲門，我將門打開，他就拉我出去，我和他一起看到，在我們的面前，有三艘西班牙式的五桅大帆船，如果我們再照原來的方向駛去，一定會撞中它們！」

我搖頭道：「你應該知道，現在不會再有這樣的船在海上航行的了！」

摩亞苦笑了起來。

他苦笑了很久，才道：「當時天黑，海面有霧，那三艘船，已離我們很近了，我根本未及考慮別的問題，就下令改變航線，向西轉過去，以避開它們。可是當我們轉向西的時候，那三艘船，仍然在我的面前，它似乎在逼着我，一直向西航，只不過是二十分鐘左右，我的船，就撞到了暗礁。」

我皺着眉，摩亞船長在說這番話的時候，態度十分認真，但是我卻仍然不免皺起了眉。

摩亞望着我，苦笑了一下，道：「你一定在說，我實在是不適宜航海的了！」

我在考慮，我該如何開口，才不致於令得他太傷心，是以我有好半晌不開口。

過了半晌，我才道：「所謂『鬼船』，實際上是一種幻覺，雖然有時，會有幾個人同時看到，但是那並不能證明確然有船存在，因為在大海茫茫的環境中，幻覺是由心理產生的，而心理上的影響，會使好多人產生同一的幻覺。從摩亞的神情看來，我看得出，他是盡了最大的忍耐力，才聽我講完這一番話的。

而在我講完了這一番話之後，他的神情，又變得十分之失望。

他接連喝了好幾口酒：「你這樣想，我實在十分失望，算了吧！」

他放下酒杯，站了起來。

我抬頭，望定了他，道：「那麼你的意思怎麼樣？」

摩亞的雙手，按着桌子：「我可以確確實實告訴你，決不是幻覺，的的確確，有三條大桅帆船，在逼着我的船西航。」

我沒有出聲，仍然望着他。

摩亞已經有點激動了，是以他的話，也說得很不客氣，他又道：「而你，卻以專家的姿態，告訴我這是我的幻覺，告訴你，衛先生，我在海上的時間，比你在陸地上的時間還多，我知道什麼叫幻覺，什麼不是幻覺！」

我嘆了一聲，他是如此之固執，我實在沒有別的話可說了。

摩亞又道：「像你這種假充的專家實在太多了，調查庭的人會和你一樣，引經據典，認為我是幻覺，他們會從各種心理上、生理上、意識上來分析，證明我在海上產生了幻覺，所以才造成了撞船的慘劇，結論就是，我不適宜繼續航海！」

他講到這裏，手捏着拳頭，重重地摁在桌上，令得桌上的酒瓶、酒杯，全跳了起來。

他聲音又大，神態又激動，還拍着桌子，一時之間，令得酒吧中的人，都向他望了過來。

我也有點生氣，霍地站了起來，道：「我認為，如果調查庭，有這樣的決定，那是十分合理的決定。」

摩亞將頭伸了過來，十足一副想和我打架的神氣，他的個子雖然小，但是那股氣勢，倒是十分懾人的，他大聲道：「哼，我想的，講出來，嚇死你！」

我冷笑道：「你隨便説，我膽子不至於那麼小！」

摩亞大聲道：「我要證實，事實上，的確有這三艘船存在！我還要到那地方去！」

我立時道：「既然那是鬼船，你有什麼法子，證明它們的存在？」

摩亞道：「鬼是一定有所本的，有鬼的地方，一定有死人，有鬼船的地方，也一定有沉船，而且，我已經找到那三艘沉船了！」

我瞪着眼，望定了他。他「哼」地一聲：「不必和你多講了，你和別的人一樣！」

他轉身便走，我一伸手，拉住了他的手臂，道：「那麼，請問，你來找我，本來是想作什麼的？」

摩亞笑了起來：「我想得太天真了，我本來？哈哈，是想請你和我一起去的！」

我呆了一呆，「哦」地一聲：「真多謝你看得起我，會來邀我一起去！」

摩亞揮着手：「我本來以為你會答應的，在事先，我甚至於花了很多工夫，找到了那三艘船的資料，現在，什麼都不必提了！」

我又呆立了片刻，自己先坐了下來，然後道：「請坐，我們不妨再從頭說起！」

摩亞望定了我。我又道：「我現在無法對你作任何允諾，因為你所說的整件事，是十分無稽的，但是，我願意聽一聽，你找到了什麼資料！」

摩亞又望了我半晌，才坐了下來。

他坐了下來之後，好一會不說話，然後才道：「對不起，剛才我的態度，太粗魯了些，你知道，我是滿懷希望而來的，一旦失望——」

他攤了攤手，沒有再說下去。

我笑着：「不要緊，至少我們還沒有打起來。」

摩亞瞪了我一眼，我又補充道：「其實，就算打起來，也不要緊的，只要你能說服我，我也可以承認是我自己的不對！」

摩亞也笑了起來，他的笑聲，雖然還相當苦澀，可是他的神情，卻是相當爽朗的。

我道：「你說，你找到了那三艘船的資料？這實在是不可能的事！」

摩亞道：「當時，我的的確確，看到那三艘船，不但看到，而且，還對那三艘船，船頭所鑲的一種徽飾，留下了很深刻的印象——」

他講到這裏，略頓了一頓，才又道：「我自小就嚮往大海，早已立志要將航海作為我終生的事業，所以，我對於一切和航海有關的書籍，看得十分多，尤其是有關古時探險家在海上冒險的故事。當時，我就覺得那三艘船上的那種盾形徽飾，好像是在什麼地方見過的，事後，我去查有關資料，果然給我查到了！」

第二部

出發尋找「鬼船」

他一面說，一面從公事包中找着，找出了一張紙來，放在桌上。

那張紙已經很黃，看來年代久遠，紙上，印着一個盾形的徽飾，中心的圖案，是一個形狀很古怪、生着雙翅的大海怪。

在那個大海怪的兩旁，是矛、弓箭、船槳和大炮的圖案，整個圖，好像是用簡陋的木刻印上去的。

他指着那張紙，道：「這是我在一家歷史悠久，搜集全世界所能記錄的航海史的圖書館中找出來的。這個徽飾，屬於狄加度家族所有，是西班牙皇帝斐迪南五世，特准這個世代為西班牙海軍艦隊服務的家族使用的，那是一種極度的榮譽。」

我對於世界航海史，雖然並不精通，但是斐迪南五世的名字，總是知道的，這個西班牙皇帝，曾資助哥倫布的航海計劃，使哥倫布發現了新大陸。

摩亞像是怕我不信，又加強了語氣：「我可以肯定，當時我所見到的那三艘船，船頭上，都鑲有同樣的標誌，那標誌是紫銅鑄成的，約有一公尺高，我絕不會弄錯，我可以肯定！」

我望着那張紙，本來我想說，他可能是以前讀書的時候，看到過這種徽飾，所以才會在潛意識中，留下了印象，又在適當的時機下，形成了幻覺。這情形，就像是人在夢境之中，有的時候，會見到前所未見的東西，而後來又獲得證實。這種現象，其實是以前曾經見過，但只在潛意識中留下了印象之故。

但是，我卻沒有將心中所想的話說出來，因為如果說出來的話，那一定造成另一次不愉快的衝突！

我只是點着頭道：「這應該是可靠的資料。」

摩亞顯得興奮起來：「這只不過是初步的資料，你看這本書上的記載！」

他又取出了一本書來，這本書，也已經很殘舊了，而且是西班牙文的。

他打開那本書來，道：「你看這插頁。」

我看到了他所指的插頁，那是三艘巨大的三桅船並列着，船頭有着我剛才看到的徽飾。

摩亞道：「這本書上說，在公元一五〇三年，那是哥倫布發現中美洲之後的一年，狄加度家族中，三個最優秀的人物，各自指揮着一艘三桅船，船上有水手和士兵一百五十人，到了波多黎各，留下了士兵，然後，三艘船繼續向北航行。」

摩亞講到這裏，停下來，望着我。

在摩亞説着的時候，我已經迅速地在翻閱這本書上的記載，書上説，他們這次航行，希望可以發現另一個中美洲，或是另一個新大陸——這是他們巡航的目的。

但是他們卻沒有成功，因為這三艘船，在波多黎各出發之後，就一直沒有再回來過。

摩亞看我迅速地在看書，他沒有再打擾我，直到我看完了這一段記載，他才道：「現在你明白了？這三艘船，在大西洋沉沒了！」

我合上了這本書：「他們出發之後，既然從此以後再也沒有出現過，當然是在大西洋沉沒了！」

摩亞的身子俯向前，道：「當時，沒有健全的通訊設備，沒有雷達，什麼也沒有，航海是百分之一百的冒險，所以，別人只知道這三艘船消失了，至於他們是在什麼地方、什麼時候，以及是在什麼情形之下沉沒的，完全不為人所知道！」

我同意他的話：「是的，在世界航海史上，這樣的悲劇很多！」

摩亞大聲道：「旁的，我不管，但是這三艘船，我卻知道他們的沉沒地點！」

我皺了皺眉。

摩亞的手，用力搥在桌上：「我看到他們的地方，就是他們沉沒的所在地！」

我望着他：「所以，你肯定沉船還在那地方的海底，你要將沉船去找出來，是不是?」

摩亞點頭道：「是的，因為我看到的三艘船，我可以肯定，就是那三艘！」

我仍然皺着眉，沒有說話，或許摩亞當時真的「看到」過三艘「鬼船」，樣子是和狄加度家族那三艘在大西洋中沉沒了的船一樣的；但是，那同樣可以引用上面的解釋，來確定那是他的幻覺。

我挺了挺身子，道：「如果找到了沉船，對你以後的航海生涯，會有幫助麼？」

摩亞等了片刻，不聽得我有任何表示，他道：「怎麼樣，我的資料，夠說服你了麼？」

摩亞苦笑了起來，道：「我不知道，調查庭可能仍然不接受『鬼船』的解釋，但是至少，我可以安心，知道我自己並不是一個會在海上發生幻覺的不合格者，我可以知道，我仍是一個合格的船長！」

我「唔」地一聲，我心中知道，這一點，對摩亞以後的日子來說，極其重要。我道：「如果你要去找那三艘沉船，那麼，你必須有船，需有一切設備。」

摩亞聽出我已經肯答應他的請求了，他高興得手舞足蹈：「我有，我對你說過，我之升任船長，完全是由於我自己的能力，事實上，我父親是一家很大的輪船公司的董事長。」

我點頭道：「他提供你幫助？」

摩亞道：「是的，我和他作了一夜的長談，他答應幫我。他給了我一艘性能極其卓越，可以作遠洋航行的船，那是一艘價值數十萬美金的遊艇，以及足夠的潛水、探測設備。」

我遲疑了一下：「我必須告訴你的是，我並不是一個出色的潛水家。」

摩亞已然緊握了我的手：「這不是問題，問題在於你肯相信有這件事，這就夠了！」

我本來想告訴他，其實我也不相信有這件事，可是，看到摩亞如此熱切地握住了我的手，我實在不忍心將這件事說出來。

我道：「那麼，你還請了什麼人幫手？」

摩亞道：「只有一個，他會在波多黎各和我們會合，你或許聽過這個人，他是大西洋最具威望的潛水家，麥爾倫先生。」

我立時道：「我不但知道他，而且曾見過他，但是，他好像已退休了！」

摩亞道：「去年退休的，但是在我力邀之下，他答應幫助我。」

我又皺了皺眉，潛水是世界上最危險的行動之一，那位麥爾倫先生，其實不過三十八歲，對其他行業來說，這個年紀相當輕，但是對潛水者來說，已是老年了。尤其他在退休了半年之後，體力是不是還可以支持呢？然而我卻沒有提出這一點來，因為麥爾倫自己應該知道他自己的事，他既然答應了，就不會有問題的。

摩亞搓着手，顯得十分興奮：「你想想，麥爾倫、我和你，有我們三個人，應該可以找到那三艘船的。我真的見到那三艘船，他們是存在的！」

我遲疑了一下，道：「我對於航海，並不是十分熟悉；對於鬼船，更是一無所知，摩亞先生，你的意思，是不是指鬼船是一種實質的存在？」

摩亞搖頭道：「當然不是！」

我又道：「那麼，請恕我再多問一句，當時，你見到三艘古代大船，向你撞過來，你難道沒有想到，那是鬼船？你為什麼不逕自駛過去？」

摩亞現出很痛苦的神色來：「當我改變航線，撞上了暗礁之後，我立時想起來，我是可以這樣做的，但是當時，我的確沒有想到，我只是本能地改變航線，以避開他們，我根本沒有時間去思索了！」

我吸了一口氣道：「那麼，你的意思是，當鬼船出現之際，有一種神秘的力量，能使人根本無法思索，而非接受這種神秘力量的操縱不可？」

摩亞皺着眉，低着頭，過了一會，他才抬起頭來：「這一點，我無法解釋。」

他在講了這一句話之後，頓了一頓，又直視着我：「怎麼，你怕麼？」

我笑了一下，拍着他的肩頭：「我既然已答應了你，怕也要去的。你的船停在什麼地方，後天早上，我來和你會合。」

摩亞高興地道：「好，船就停在三號碼頭附近，叫『毛里人號』，你一到碼頭就可以看到它，我等你！」

我和摩亞船長的第一次會面，到這裏結束，我在酒吧門口和他分手。

在接下來的一天半時間中，我不但準備行裝，而且還在拚命看書。

我看的，自然是有關西班牙航海史的書，我發現，摩亞給我看的那本書，可能是早已絕版了的孤本，因為其他書籍中，幾乎沒有關於狄加度家族的記載。只有一本書中，約略提及，卻稱之為叛徒。

我知道，那自然是由於政治上的原因，狄加度家族在歷史上被無情地驅逐了出去。

我又查閱了麥爾倫的資料，從資料看來，這位麥爾倫先生，毫無疑問，是世界上最優秀的潛水者。

到了約定的那個早上，我在上午八時，就到碼頭，我還未發現那艘「毛里人號」，就看到摩亞向我奔了過來，他滿面汗珠，奔到我的身前，就握着我的手，搖着：「你來了，你不知道，我是多麼擔心，真怕你不來了，真的！」

我望着他天真誠摯的臉，笑道：「你對鬼的信心，似乎比對人的信心更足，你以為鬼船一定會在那裏，等你去找，卻以為我會失約！」

摩亞不好意思地笑了起來：「不是這個意思，我是怕你在有時間考慮之後，會覺得這件事，愈來愈沒有可能，所以會不來了！」

我和他一起向碼頭走去，我道：「老實說，我一直認為沒有這個可能，不過，就算當作旅行，我也要去走一遭，難得有你這樣的旅伴！」

摩亞顯得很高興：「我昨天，已經向調查庭要求延期，理由是搜集這次失事不是由於我的錯誤的證據，調查庭給了我一個半月的時間。」

我點頭道：「我想，那足夠了！」

摩亞在我的手中，接過了我的箱子，我在這時，也看到了「毛里人號」。不知道是為了什麼原因，我第一眼看到「毛里人號」的時候，我就不怎麼喜歡它——雖然在日後的遠洋航行中，證明「毛里人號」，是一艘無比出色的船，但是我總無法改變這點印象。

這艘船的樣子很古怪，它可能是故意模仿毛里人的獨木舟建造的，但是摩亞對「毛里人號」，顯然有一種異樣的熱誠，他在和我一起上了甲板的時候，不斷地問我，道：「你看這船怎麼樣。」

我只好道：「它的樣子很奇特，是不是？」

摩亞一面帶我到船艙去，一面不斷撫摸着船上擦得閃亮的銅器部分，他那種手勢，就像是他在撫摸的，不是船身，而是他三個月大的女兒一樣。

他帶我進了艙，我又呆了一呆。

狹長的船上，只有一個艙，艙尾部，靠着艙壁，是兩張雙人牀。中間，是一張長桌子，和兩邊的四張椅子，近船頭部分，是駕駛台。

我看到有大量的潛水用具，堆在艙中，由於船艙並不是分隔的，是以看來，倒有一種寬敞之感。

摩亞將我的箱子，放在牀上，轉過身來：「我們立時啟程，我想你很快就可以學會操縱它。航程太長，我們三人，一定要輪流駕駛。這船上有很多書，在海上是不愁沒有消遣的了！」

他一面説，一面指着幾隻粗大的木箱。

我沒有説什麼，逕自來到駕駛台前，察看着，摩亞一面解釋，一面已發動了機器。

船在碼頭旁，緩緩地掉頭，然後，向外駛去。

不到一小時，船已經在大海之中了！

航海的生活，是沒有什麼可以記述的，唯一值得記下的是，我和摩亞，提及了有關狄加度家族的事。

我道：「你那本有關狄加度家族的書，好像是孤本了？我查過很多書，全是有關西班牙航海史的，根本查不到有關這個家族的事！」

摩亞同意我的説法，道：「是的，這件事本身，也可以説是充滿了神秘性，有關這個家族的一切資料，彷彿全是被故意毀去了，以致一點記載也沒有留下來。」

我問道：「那麼，你那本書是哪裏得來的？」

摩亞道：「我也不知道，這本書，一直在我父親的藏書架上，我從小就看過，是以我對狄加度家族的徽飾，有深刻的印象。至於這本書是哪裏來的，我父親他可能知道的。」

我沒有再問下去，因為不管這個家族後來是為了什麼原因，被人毀去了一切記載和加以遺忘，那和我們此行的目的是無關的。

在海上航行的日子裏，我看着那些木箱中的書作為消遣。

十多天之後，當我們在波多黎各和麥爾倫先生會面之後，交談之際，麥爾倫先生，竟以為我是一個很有經驗的航海家，這自然是這十幾天來，我所看的那些書，全是和航海有關的緣故。

等到離開了波多黎各，再往北航行，航行在一望無際的大西洋中的時候，我們就緊張得多了。

麥爾倫是一個身子壯實得像牛一樣、有着一頭紅髮的漢子，他常說，他的祖先是北歐的「維京人」。他也很健談，我們三個人相處得很融洽。

麥爾倫對於東方，顯然一無所知，是以他常要我講很多有關東方的故事給他聽，聽得他津津有味，更說是這次事情完了之後，一定要跟我到東方來，住上一個時期。

我和麥爾倫的緊張，還只不過是工作上的緊張，我們忙於檢查一切潛水的器具，不讓它們有一點點小毛病；可是摩亞卻還帶着精神上的緊張，因為離他看到「鬼船」的地點，愈來愈近了！

第四天，早上。

那天是摩亞當夜班，我和麥爾倫睡着，到了清晨時分，摩亞突然將我們兩個人搖醒了，他的精神十分緊張，叫着：「快起來。」

我們給他的那種神情，也弄得緊張起來。那時，天才開始亮，海面上，是一片灰濛濛的霧，什麼也看不到。當我們起來之後，才發現摩亞已關掉了機器，船是在水上飄流着，海上靜得一點聲音也沒有，只有一團團的濃霧，在無聲地飄動着。

我和麥爾倫互望着，我道：「怎麼啦？」

摩亞的神情更緊張，他立時道：「別出聲，聽！」

我立時用心傾聽，可是實實在在，海面上，真的什麼聲音也沒有。

我又想開口，可是摩亞立時又向我作了一個手勢，他的手勢，要我繼續聽下去。

我作了一個無可奈何的表情，海面上真是靜得出奇，我實在聽不到任何值得注意的聲音。

我向麥爾倫看去，從他的神情看來，我可以看出，他和我一樣，感到沒有值得注意的聲音。

過了片刻，摩亞又道：「你們聽不見麼？聽，有海水撞船頭的聲音。」

我呆了一呆，的確，在寂靜之中，有海水撞擊船頭的「啪啪」聲。

但是，我們現在身在船上，有這種聲響是很正常的，所以也根本不值得注意。

我也壓低聲音，道：「我們在船上，海水在撞擊着毛里人號！」

摩亞立時搖了搖頭，道：「不，你分辨不出一艘船在行駛時，海水撞上來的聲音，跟一艘船在飄浮時海水撞上來的聲音，會有什麼不同，但是我分得出。」

麥爾倫也很緊張，他低聲道：「你的意思是，有一艘船，正在離我們不遠處駛着？」

摩亞點頭道：「是的，而且根據聲音聽來，它的速度，是三浬左右。」

他講到這裏，略頓了一頓，又補充道：「這正是十五世紀三桅帆船的行駛速度！」

我不禁給摩亞的話，弄得有點緊張起來，深深地吸了一口氣，麥爾倫卻比我更緊張，他道：「鬼船？」

摩亞卻不出聲，我竭力想在濃霧中看到一些什麼，但是霧實在太濃了，我什麼也看不見。不過，在經過摩亞提醒之後，我倒聽出，那種海水撞擊的「啪啪」聲，的確不是從「毛里人號」的船頭發出來的，而是來自離開我們有一段距離的海面。

我忙道：「這種聲音那麼低，你是怎麼發現的？」

摩亞仍然全神貫注地望着濃霧，他道：「那是我的直覺，我感到有船在接近我們！」

我挺了挺身子：「好了，我們別再在這裏打啞謎了，拿霧燈來，我到船頭上去打信號，如果在離我們不遠處，另外有船的話，它會看到信號的！」

麥爾倫低聲道：「如果那是鬼船——」

我不等他說下去，就立時打斷了他的話頭：「老實說，到現在為止，我並不相信有什麼鬼船！」

我一面說，一面已轉過身去，找出了一盞霧燈，出了艙，來到了甲板上。

霧是如此之濃，我到了甲板上，連自己的船頭也看不到，我小心翼翼地開步，走出了幾步，靠着艙壁站着，高舉起那盞霧燈來，不斷發着信號。

我發出的是一句最簡單的話：請回答我！

霧燈的橙黃色的光芒，在濃霧之中，一閃一閃，我重複了這句話三、四遍，然後，停了下來，四面張望着，等候回音。

可是，四面只是白茫茫的一片濃霧。霧似乎愈來愈淡，幾乎什麼都看不到了，當然，在濃霧之中，也沒有任何的閃光。

我正想再發信號時，忽然聽得身後有人道：「沒有用，它們走了！」

那語聲突如其來，嚇了我一跳，雖然，我立即聽出是摩亞的聲音，但因為霧太濃，摩亞的身子，我仍然看不見。我立時傾聽，果然，那種聲音已聽不見了，海水撞擊在毛里人號船身上的聲響，和剛才我們聽到的聲響，有着顯著的不同。

我往回走，差點撞到就在我身後的摩亞，我看到摩亞的面色十分白，同時聽得麥爾倫在艙中叫道：「你們快來看！」

我拉着摩亞，一起回到了艙中，霧已經侵入船艙，但至少比在外面好得多了，麥爾倫的手中，持着一長紙條，我們都知道，那是雷達探測的記錄。

麥爾倫指着記錄上，一連串的平均線條之中，突然高起來的那一部分，道：「看，雷達記錄到，曾經有船接近過我們。」

我搖着頭，道：「如果雷達能探測到鬼靈，那才是一大奇事了！」

摩亞的聲音很尖銳，他道：「那麼，是什麼？」

我立時道：「當然是一條大魚！」

摩亞和麥爾倫兩人，都不出聲，我開始發現，我們三個人之中，不但摩亞堅持相信有「鬼船」這回事，連麥爾倫也是相信的。

在那樣的情形下，他們當然不會相信我所說的是大魚的說法，所以我也不想和他們進一步辯解。

船艙中靜了下來，在這一段時間中，海上的濃霧，已在漸漸消退。

我道：「摩亞，我們快到目的地了，是不是？」

摩亞仍然呆了片刻，才道：「不是快到了，而是已經到了。」

我走近駕駛台，按下了一個鈕，一陣鐵索鬆落的聲音，自船側傳了過來，船身略為震動了一下，便靜止不動了。我吸了一口氣：「既然已經到了目的地，我們可以開始潛水了！」

摩亞和麥爾倫互望了一眼，我又道：「海底探測儀也可以開始使用了！」

「毛里人號」上，是有着海底探測設備的，這種設備，對於尋找沉船，十分有用，如果探測儀上，測到海底有金屬，那麼，必然就是沉船的所在點了！

摩亞吸了一口氣，才道：「好，讓我們開始工作，願上帝保佑我們。」

他連續按下了好幾個鈕，又調節着一些鈕掣，一幅深綠色的熒光屏，亮了起來，有規律的波段，從熒光屏的一端走到另外一端。

麥爾倫來回走着：「我們應該自己下水去看，才會有收穫。」

我向麥爾倫望了過去，麥爾倫做着手勢：「我對於打撈年代久遠的沉船，很有經驗，如果船沉了幾百年，它們絕大部分，埋在海沙之中，就算有點金屬部分，露在海沙上，也必然鏽層極厚，對於探測儀的反應，十分微弱。」

我同意麥爾倫的説法。海上的濃霧結集得快散得也快，這時，我抬頭向艙外望去，已是碧波浩瀚，萬里晴明了。

除了我們這艘船之外，大海上，極目四顧，在目力所能及的範圍之外，看不到在水面上有任何東西。

摩亞彷彿知道我在看什麼，他喃喃地：「早已經不見了！」

我道：「如果是有一艘船，以三浬的速度行駛，我們應該還可以看見它的？」

摩亞向我望了一眼：「鬼船是不會在陽光之下出現的。」

我想再和摩亞爭辯，但是我立即想到再爭下去，是沒有什麼意思的，是以我只是笑了笑：「下次如果再聽到有那樣的聲音，我一定要放下小艇去，循聲追蹤，看看究竟是什麼發出來的聲音。」

摩亞聽了我的話之後，神色變得很奇特，臉看來也很蒼白。我又道：「如果那真是鬼船的話，我這樣做，會有什麼的後果？」

摩亞的神情，表示他所說的話，決不是開玩笑，他道：「那麼，你就會消失無蹤！」

他在講了這句話之後，略頓了一頓，才又道：「然後，在若干時日之後，鬼船再度出現，可能你會被人發現，你正在鬼船上做苦役！」

我幾乎想笑出聲來，但是我卻沒有那樣做，因為我知道如果我那樣做的話，一定是導致一件極其不愉快事情的發生。

我只是輕描淡寫，裝幽默地道：「那倒好，本來，一個人的生命是有限的，但這樣一來，似乎就變成是永恒的了，對不對？」

摩亞皺着眉，似乎對我的這個問題，一時之間，不是很想得通，所以也沒有立時回答我。

而麥爾倫在這時候，已然大聲叫道：「別只顧說話，我們要開始行動了，我的意思是，我們每次，由一個人下水，距離不超過五百瑪，然後移動船隻。」

我和摩亞兩人，都同意他的說法，我們先合力將一具海底推行器，放下海去。所謂「海底推行器」，其實是構造很簡單的東西，但是對於一個海底潛水的搜索者來說，卻極其有用。「海底推行器」前端和尾端都有推進器，兩旁，可以掛上兩罐備用的氧氣和一支強力的漁槍，使用強力的蓄電池推動，前端有照明燈，可以發出光芒。

這種推行器，在海水中行進的速度不會太快，但是無論如何，比人力游泳快得多，而且可以節省體力。

麥爾倫已揹上了氧氣筒，他道：「當然由我先下水！」

他那樣說的時候，我和摩亞都沒有覺得什麼不妥，因為麥爾倫是一個極具經驗的潛水家，而且，我們的配備十分好，有無線電對講機，可以隨時聯絡，又保持五百公尺的距離，應該是十分安全的。

麥爾倫在船舷，作了一番熱身運動，就跳進了海中。

那天，在霧散了之後，天氣好得出奇，陽光猛烈，曬得人的皮膚有點灼痛，海面之上，閃着一片光芒，海水清得使我們可以清楚地看到麥爾倫沉了下去，在約三公尺深的水中，伏在推行器之上，推行器旋起兩陣水花，開始緩緩向前駛和向下沉去。

麥爾倫畢竟是極具經驗的潛水家，他一點也不自恃自己經驗的老到，立即就開始和我們聯絡。避水的頭罩，使他可以自由自在地和我們講話。

無線電對講機中，傳出了他的聲音，道：「現在我到三十公尺深度，海水很平靜。五十公尺，能見度相當高。七十公尺，我想這一帶的海水，不會太深。」

摩亞回頭看了看記錄儀上探測所得：「船底之下，是二百公尺左右。」

麥爾倫的聲音又傳了上來，道：「我一直向下沉，如果有船沉沒在這裏的話，我相信當時一定有一場突如其來的風暴。海底有些礁石，長滿了海草。」

我道：「麥爾倫，小心一些，這一帶，根據記錄，有鯊魚出現。」

麥爾倫笑着道：「鯊魚我倒沒有看到，但是我已看到了一種十分美味的大龍蝦和石頭魚，等我上來的時候，我一定捉一些上來，我們可以有一餐豐富的午餐了。唉，我真蠢，海底是那麼美妙，我怎麼會想到退休的。上次那件事，不過是一件意外而已。」

我們都知道麥爾倫那一句話是什麼意思，使麥爾倫決心退休的原因，是因為他上一次的潛水，他被困在一個岩洞之中，達四十八小時之久。

如果不是那岩洞的頂部，有一塊小地方，充滿了空氣的話，他一定死在海底了，但就算是那樣，他被救出來之後，還在醫院中足足躺了一個多月。

這時，他忽然提起那件事來，我和摩亞兩人互望了一眼，心中都有一種不祥的感覺。

當然，我們並沒有說什麼，因為在這樣好的天氣之下，以麥爾倫經驗之豐富，潛到兩百公尺的海中，等於是一個成年人，過一條交通並不擠迫的馬路一樣，絕對提不上「危險」兩字的。

麥爾倫的聲音，又傳了上來：「我看到海底了，海底的沙又細又白，老天，一望無際，簡直是海底的沙漠，摩亞！」

第三部

隱瞞着的怪事

他忽然叫了一聲摩亞，摩亞立時道：「什麼事？」

麥爾倫道：「以我的經驗而論，在這樣的情形之下，一是沉船完全被沙埋沒，根本沒有法子找得到；二是一下子就可以看到整艘沉船！」

摩亞道：「希望是後者！」

我補充了一句：「如果有沉船的話。」

摩亞白了我一眼，我只是報之以一笑，我在甲板上的一張帆布椅上，躺了下來，撐開了遮陽傘，不在日光的直接曬射之下，海風習習，十分舒服。由於一清早我就被摩亞弄醒，是以躺下不多久，我就睡着了。反正有摩亞負責和麥爾倫聯絡，所以我可以根本不必操心。

在我開始矇矓睡去的時候，我還聽得摩亞和麥爾倫對話的聲音，但後來，就什麼也聽不見了！

在船身極輕微的搖晃之下，在清涼的海風吹襲下，人是容易睡得十分沉的，當我一覺睡醒的時候，我睜開眼來，先吃了一驚。

當我睡着的時候，大約是上午九時左右，但現在，太陽已經正中了！

我連忙坐了起來，摩亞不在甲板上，我看了看手表，已經是十二點多了，這一覺，竟睡了三個多鐘頭！

我問道：「摩亞，麥爾倫應該上來了？」

可是，沒有人回答我。

同時，當我站起來的同時，我看到那具小型的無線電對講機，跌在船舷上。

我走過去，將這具無線電對講機，拾了起來，我立時聽到，在對講機中，傳來一種輕微的「沙沙」聲，那是海水流過的聲音。

我不禁大吃一驚，全身盡起寒慄。

我聽到海水流動的聲音，那就是説，對講機的另一半還在海中！對講機的另一半，是在麥爾倫的避水頭罩之內的，那就是説，麥爾倫還在海底了，這是不可能的，他不應該在海底那麼久，我們是講好了輪班的！

我忙又叫道：「摩亞！」

可是，仍然沒有人回答我，我又對着對講機：「麥爾倫，發生了什麼事?」

我得不到回答，但是，我卻聽到了一連串連續的敲擊聲，自對講機中，傳了出來。

雖然中午的陽光，是如此之猛烈，但是我卻覺得一股寒意，直襲我的全身，我又放盡了喉嚨，叫道：「摩亞，你在幹什麼?」

我一面叫，一面衝進了船。在我一上船的時候，我已經介紹過，「毛里人號」，只有一個船艙，是以我一衝進去，就可以看到，摩亞不在船艙之中。

摩亞不在船艙之中，而我又是從船艙外下來的，這條問題的答案，實在再簡單不過：摩亞不在船上!

我呆住了，那是真正因為震驚的發呆。

我當時，只是呆呆地站着，頭皮發麻，兩腿有發軟的感覺，根本不知道該如何才好。

而更要命的是，我緊握在手中的那具無線電對講機(我的手心已在冒汗)，還在不斷傳出那種「啪啪」的聲響，這種聲響，分明是將釘子鎚進木頭之中的時候所發出來的聲音！

我呆立了足有半分鐘之久，才不由自主，又發出了一下大叫聲。我已經無法記得，我叫的是什麼了，或者，我叫了摩亞的名字，也有可能，是叫了麥爾倫的名字，總之，我是大叫了一聲。

在這樣情形之下，用盡氣力所發出的一下大叫聲（或者說是慘叫聲），是人的本能的反應，或者有助於鎮定。至少，我在那時，大叫了一聲之後，開始鎮定下來。

我仍然喘着氣，不過，我已經可以想一想究竟發生了什麼事了。

我無法確切知道究竟發生了什麼事，我所知道的是，麥爾倫先潛下水去，接着，在什麼意外也不會發生的情形下，我睡着了。

可是，偏偏就在我認為最不會有意外發生的時候，卻發生了意外——當我睡醒的時候，摩亞也不見了！

摩亞已不在船上，這一點是已經可以肯定的了，而如今，船是停在大海之中，他不在船上，一定是在海中；而他又不在海面上，如果他在海面上的話，那麼，我可以看得到他。

摩亞不在海面上，自然是在海水之中了，這似乎是最簡單的邏輯推理，然而這時，我卻要在大叫了一聲，慢慢鎮定下來之後，才能想到這一點。

我又立時想到，如果摩亞在海底，那麼，他一定需要動用潛水工具。

直到這時候，我才開始去看堆放潛水用具的所在，等到我約略檢查了一下我們的潛水工具之後，事情就比較明朗得多了。

我可以肯定，摩亞的確是潛入了海底去了，因為少了一份潛水工具，包括兩筒氧氣、一具頭罩和一具海底推行器在內。

而且，我可以知道，摩亞的下海，是突然之間決定的，而且當時他的行動，一定十分匆忙，因為他沒有帶走的潛水工具，被他弄得很凌亂，他在這樣做的時候，一定曾發出很大的聲響來。

當時我睡得很沉，他所發出的聲響，未曾將我驚醒，那倒不足為奇，奇怪的是，為什麼他不叫醒我？

那時，我已經進一步鎮定下來，可以去推想更多的事情了。摩亞不叫醒我，這一點，倒給了我不少安慰，使我聯想到，摩亞的行動，雖然匆忙，但一定不是由於有了什麼危險。因為如果真是發生了什麼危險的話，他是沒有理由不叫醒我的！

現在，我所能做，只有兩件事，一是在船上等他們回來，二是也潛下水去找他們。我決定潛水去找他們，是以我俯身提起一筒氧氣，拿了頭罩，向船艙外走去。

我才出船艙，只看到離船不遠處，平靜的海面上，冒起了一陣水花，一個人從海中冒了起來。

由於戴着頭罩，是以我一時之間，還不能確定他是摩亞，還是麥爾倫。

然而，看到有人從海水中冒了起來，那也是夠令人高興的了，我立時大聲叫道：「喂，發生了什麼事？」

自海水中冒上來的那人，立時除下了頭罩，那是麥爾倫。我第一眼看到麥爾倫除下頭罩時，就感到：麥爾倫的臉色太蒼白了。

但是我立時想到，麥爾倫在海水之中，可能已超過了三小時，如果是那樣的話，那麼，一個身體再壯健的人，看來臉色蒼白，也不足為怪了。

我看到麥爾倫向船游來，我又叫道：「摩亞呢？」

麥爾倫並沒有回答我，一直游到船身旁，抓住了上船的梯子的扶手，大口吸着氣。

我還想再問，又是一蓬水花冒起，又一個人浮了上來，自然，那人一定是摩亞了！

一看到他們兩人都浮了上來，我大大地鬆了一口氣，想起幾分鐘之前的那種驚慌，好像世界末日就要到來的情景，只覺得好笑。

我走近梯子，先伸手將麥爾倫拉了上來，然後，輪到摩亞。

摩亞到了船上，才將頭罩除去，他的臉色，看來一樣蒼白得可怕。

我望着摩亞，道：「喂，你怎麼趁我睡着的時候，一聲不響就下了去呢？」

摩亞只是向我苦笑了一下，沒有說什麼，他的神情十分古怪，我立時又向麥爾倫望去，他的神情和摩亞是一樣的。

而且，更令得我起疑的是，他們兩人，互望了一眼，這種神情，分明是他們兩人之間，有了什麼默契，要保持某種秘密，而保持秘密的對象，自然是我，因為除了我之外，沒有別人了。

這使我在疑惑之外又感到了極度的不快。我感到不快是理所當然的，因為摩亞特地來找我，自然我是以為他存心和我精誠合作的，然而他現在卻和麥爾倫使眼色，要對我保持秘密！

我想，當我心中表示極度不快的時候，我一定無法掩飾我自己的感情，我的臉色一定十分不好看。而且，我可以肯定，摩亞和麥爾倫兩人，也立時發現了這一點。

因為摩亞立時向我道：「你剛才睡得很沉，所以我沒有叫醒你。」

我立時道：「我們不是講好了輪流下水的麼？為什麼麥爾倫還在水中，你又下去了！」

我是直視着摩亞發問的，而且，我在問的時候，語氣也絕不客氣。摩亞偏過頭去，不敢望我，含糊其詞地道：「我想去看看海中的情形——」

他講了這一句話之後，立時換了話題：「對了，我想我們應該向最近的港口報告一下我們所在的位置，以防萬一有什麼意外——」

他一面說，一面向船中走去，但是他只跨出了半步，我一伸手，就扳住了他的肩頭：「等一等，我還有話要問你。」

摩亞轉過頭來望着我，皺着眉，我道：「你下水的時候，十分匆忙，究竟發生了什麼事？」

摩亞呆了一呆，立時道：「發生了什麼事？什麼事也沒有啊。」

他抬起頭來，向麥爾倫大聲道：「什麼事也沒有，是不是？」

麥爾倫在上來之後，就一直坐在帆布椅上，他那種情形，與其說是坐着，不如說是癱在椅上的好。直到這時，摩亞大聲問他，他才像被刺了一針一樣，陡地坐直，道：「是，沒有什麼，當然沒有什麼！」

這時，我不但感到不滿，簡直已感到憤怒了！

因為他們兩人這種一搭一擋的情形，分明是早有準備的，而他們的「演技」，又實在太粗劣了些，那種做法，分明是公然將我當作傻瓜！

我強抑着怒火，冷笑道：「等我醒來的時候，我發現無線電對講機，落在甲板上，再從對講機中，傳出如同敲釘般的聲音，那是什麼聲響？」

麥爾倫神色不定，他似乎要考慮一下，才能回答我的問題。他道：「哦，那或許是對講機碰到了推行器之後，發出來的聲音。」

他不提起推行器，我一時之間，倒還想不起來，他一提起，我又陡然一怔：「我剛才檢查過，我們少了兩具海底推行器，到哪裏去了？」

我這個問題出口之後，摩亞和麥爾倫兩人，都沉默了半晌，然後，摩亞才道：「衛，你在懷疑什麼？」

他既然這樣問了，我似乎也不必將我的不滿放在心裏了，我大聲道：「我不是懷疑，而是肯定，肯定你們在海中遇到了一些什麼，而對我隱瞞着！」

摩亞覺得我這樣毫不客氣地指摘他，他反顯得鎮定，倒是出乎我意料的。

摩亞轉過頭去，望着平靜的海水，淡然地道：「你實在太多疑了！」

雖然，我直覺地感到，一個人聽到了那麼直接的指摘，而仍能保持如此的鎮定的話，那一定是由於他的內心之中，並無歉疚之故，但是他既然那麼説，我變得也不好意思追究下去了！

摩亞在說了那一句話之後，走進了艙中。我向麥爾倫望去，只見他又在帆布椅上，躺了下來，閉着眼睛。

只不過麥爾倫他雖然閉着眼睛，眼皮卻在不斷地跳動着，這證明他並不是在休息，而是他的心中，有着什麼極其重大的事！

剎那之間，我的心情完全變了！

摩亞和麥爾倫兩人，有事情在瞞着我，這是太顯而易見的事情，曾使我感到極度憤怒——任何人發現合作者對他進行欺騙之際，都會有同樣的反應的。但這時候，我卻不覺得奇怪，只覺得好笑。

因為這件事，自始至終，本來是和我無關的，只是摩亞不斷來求我，我才答應遠行的。別說我自始至今，根本不信「鬼船」之說，就算我相信，真的找到了沉船，於我又有什麼好處？我只不過是在代人家出力，而人家卻還要瞞着我，我為什麼還要繼續做下去？

當我想到這裏，我不禁哈哈大笑了起來，麥爾倫立時睜開了眼，用吃驚的神情望着我，我睬都不睬他，也走進了艙中。

摩亞倒真的坐在通訊台之後，我在牀上躺了下來：「你和最近的港口，取得了聯絡之後，最好請他們派一架水上飛機來！」

摩亞轉過頭來望着我，我雙手交叉，放在腦後，毫不在乎地道：「我不想再找什麼沉船了！」

摩亞不斷地眨着眼：「剛才我聯絡到的港口警告說，這一帶很快會有暴風雨，我想，我們要開足馬力趕回去了。」

摩亞這樣說，多少使我感到意外，因為天氣的突變，雖然事屬尋常，但是我們不應該事先一點也不知情。我立時想到，那一定是摩亞的藉口，但是，為什麼他只下了一次水，就要回去了呢？

本來，我是一定要追究下去的，但是我早已決定，我不再參加他們，他們不走，我也要走了，既然事不關己，我還多問幹什麼？

我只是懶洋洋地道：「那也好，趁天氣還沒有變，我們快走吧！」摩亞點了點頭，按下了一個掣，我聽到鐵鏈絞動的聲音，他已收起了錨，準備啟航了！

摩亞或許不知道，他又露出了一個極大的破綻，因為他是在港口聯絡了之後，才知道天氣突變而回去的。那麼，他至少也得將這個消息，告訴麥爾倫才是。可是他卻根本沒有對麥爾倫說什麼，就收起了錨開航了。由此可知，他和麥爾倫是早已說好了的。

我在心底冷笑了一聲，躺了下來，什麼也不說，只覺得他們兩人十分卑鄙。

在接下來的兩天航行中，根本我和他們兩人說不上十句話，船上的氣氛和來的時候，大不相同，沉悶得實在可怕。

我甚至避免看到他們兩人，因為我實在討厭他們兩人互相望着，而又不說什麼，對我保持秘密的那種神氣。

船一到波多黎各的港口，我立時棄船上岸，乘搭一架小型商用的飛機，到了美國。

麥爾倫和摩亞，倒還送我上飛機的，但是我只是自顧自提着行李，連「再會」都沒有和他們説。

當我由美國再飛回家，在飛機上，我慶幸自己擺脱了這兩個可厭的、虛偽的傢伙。

同時，我也很後悔浪費了那麼多天的時間，這一段時間，可以説是我一生之中，最沒有意義的了。我在想，在將我送走之後，摩亞和麥爾倫是不是還會回去呢？

但是我只是想了一想，就放棄了，因為事情和我無關，我只當沒有認識過摩亞就是了！

想過我第一眼遇到摩亞時那良好的印象，我不禁覺得好笑，第一眼的印象，竟是如此之靠不住！

我回到了家中，留意一下氣象，大西洋那一帶，根本沒有任何有關風暴的消息，摩亞純粹是在胡言亂語，這使我對他的印象惡劣。

這件事，就這樣告一段落，過了二十來天，我甚至已將之忘懷了。然後，才偶然地看到有關麥爾倫的消息，那是在一本體育雜誌上，刊登着第一流潛水專家，麥爾倫在寓所吞槍自殺的報道。

我一看到這篇報道，便陡然一呆，一時之間，我還以為自殺的是另一個人。

可是，記者的工作十全十美，這篇報道中，有許多圖片，大多是麥爾倫的照片，毫無疑問，這就是我所認識的麥爾倫，而且，還有麥爾倫自殺之後，伏屍在地板上的照片。在那照片中，他的手中，還提着一柄來福槍。

據記述，麥爾倫是在來福槍的槍機上，繫上一條繩，再將槍口，對準了自己的下頦，拉動繩子，子彈從他的下頦直射進腦子，立即死亡！

他用這種方法來自殺，可見他自殺的決心多麼堅決。

我再看他自殺的日期，又不禁呆了一呆。

麥爾倫自殺的日子，推算起來，是我和他在波多黎各分手之後的第六天。如果他是用「毛里人號」回家的話，那麼，幾乎是他回家的當天就自殺的。

我又看那篇十分詳盡的報道文章，文章中說得很明白，麥爾倫的確是遠行甫歸就自殺的。他的鄰居，都知道他離家大約半個月，但是卻沒有人知道，他是到什麼地方的，有幾個鄰居的談話指出，麥爾倫離家的時候，情緒非常好，曾和他們高興談笑。

而記者又查出，麥爾倫曾購買飛往波多黎各的機票，但是他到了波多黎各之後，卻沒有人知道他的行蹤。文章的最後這樣寫：「是什麼使麥爾倫自殺呢？是不是這次神秘的外出，使他遇到了什麼不可思議的事？麥爾倫的自殺，只怕永遠是個謎！」

我在看完了整篇報道之後，不禁呆了半晌。

記者所不知道的是，麥爾倫到波多黎各和我們會合，一起登上「毛里人號」北駛。

然而，這次航行，對知道內情的人來說，卻也絲毫沒有什麼神秘，我們駛到了百慕達附近，在那裏，只不過停留了四、五個小時就走了！

從麥爾倫回家的日子來推算，摩亞和麥爾倫兩人，在我離去之後，他們也並沒有再到那地方去，而是直接送麥爾倫回美國去的！

如果說，是什麼「神秘」使麥爾倫自殺，那麼，這次航行，實在並無神秘之處！

然而，我又立即想起，當時麥爾倫和摩亞兩人，由海底升上來時，那種遲疑、怪異的神情，他們可能在海底見到了什麼，而又隱瞞着我！

但是他們究竟在海底見到了什麼呢？麥爾倫的自殺，難道真和海底的事情有關係？

我心中很亂，亂七八糟地想了很久，最後才決定，無論如何，我該和摩亞聯絡一下。

麥爾倫的死訊，我直到事情發生之後二十多天，才在一本雜誌上看到，當然，報上可能早已登載過這件事，或許由於刊登的地位不很重要，所以我沒有注意，或許是本地報紙的編輯，根本認為麥爾倫不是一個重要人物，是以沒有刊登這則消息。

摩亞如果回到了紐西蘭，他可能直到現在，連這本雜誌都未曾看到，那麼，我有必要將這個消息告訴他，雖然摩亞這個人如此卑劣！

我還記得，摩亞對我說起過的，他服務的輪船公司的名稱，也知道他的父親，就是那家輪船公司的董事長，那麼，找他大約是沒有問題的。

我先和電話公司聯絡，半小時後，得到了回音，我可以和紐西蘭方面通話，又過了二十分鐘，電話鈴響，我拿起電話筒來，聽到了一個帶着相當沉重的愛爾蘭口音的人的聲音，道：「我是摩亞，彼得．摩亞。」

我猜他可能是摩亞的父親，是以我立時道：「對不起，我要找的是喬治．摩亞船長，最近才從美洲回來的那一位。」

電話那邊，等了片刻，才道：「你是什麼人？」

第四部

一個死了一個瘋了

我將自己作了一番簡短的介紹，並且說明了我和他認識的經過。

當我説完之後，電話那一邊的聲音，突然變得急促起來：「請你等着我，我馬上來見你。」

我陡然一呆：「先生，你在紐西蘭，而我在——」

那位彼得摩亞先生，打斷了我的話頭，道：「我來見你，我立即就可以上機！」

我心中不免有點駭然，心想一定有什麼事故，發生在喬治摩亞的身上，我忙道：「摩亞他怎麼了，是不是為了什麼事？」

那位彼得摩亞先生的聲音很急促：「是的，我是他的父親。」

我道：「我已經料到了，發生了什麼事？」

彼得摩亞道：「他瘋了，我必須來見你，我們見面再談好不好呢？」

一聽得「他瘋了」這三個字，我真是呆住了，我只是説了兩聲「好」，想再問時，那邊已經將電話掛上了，我仍然握着電話，呆了好半晌。

我腦中實在亂到了極點，在那片刻之間，我只能想到兩件事，第一，我想到，就算我不打這個電話，彼得摩亞一定也要來見我的了，要不然，他不能一聽到我的電話，說就要來見我。

第二點，我在揣測彼得摩亞所說的「他瘋了」這三個字的意義。通常來說，這三個字可能代表着兩種意思，一種是他真的瘋了——神經錯亂了；另一種，也可以說是他有了什麼異想天開的想法和做法，身為父親的，自然也會用這種字眼去形容兒子的。

儘管我對喬治摩亞已經十分反感，但是我還是寧願是他又有了什麼異想天開的行動，以致他的父親這樣說他。因為麥爾倫已然死了，如果摩亞真的神經錯亂的話，那真是太可怖了。

我呆了好久，才漸漸靜了下來，現在，我除了等彼得摩亞前來和我相會之外，似乎沒有別的事情可做了，我又拿起那本雜誌來，反複讀着麥爾倫自殺的那篇報道。

麥爾倫一個人獨居，他住所之豪華，是令人咋舌的，當然，像麥爾倫那樣出色的潛水家，有着豐厚的收入，是意料中的事。

報道說他有數不清的女友，但是他似乎從來也未曾想過結婚，他遺下的財產很多，但是沒有遺囑。

這篇報道的作者，從多方面調查，唯一的結果是，麥爾倫絕沒有自殺的理由，因為他可以說是世界上最快樂的人。

如果過着像麥爾倫那樣生活的人，也要自殺的話，世界上真是沒有人可以活得下去了。

麥爾倫並不是什麼思想家，思想家會因精神上的苦悶而自殺，但是麥爾倫卻是徹頭徹尾的享樂主義者，這樣的人，會在高度的享受生活中自殺，的確是一件不可思議的事情。

在餘下的一天中，我又搜集了一些有關麥爾倫自殺的資料。第二天中午，彼得摩亞就來了。

彼得摩亞是一個瘦削而高的中年人，和他的兒子完全是兩種類型，我一眼就可以看得出，他的心中有着相當程度的憂傷，但是他卻竭力在掩飾自己心中的這種憂傷，不顯露出來。

他是事業成功的那一類人，看來有點像一個不苟言笑的銀行家。當他握住我的手，同時打量我的時候，我可以感到他炯炯的目光，正在注視着我。

我請他坐下來，他立時道：「我們似乎不必浪費時間了，喬治在三天前回來，我見到他，就可以看出他有着極度的困惑，簡直是換了一個人，他什麼也不對我說，我要知道究竟發生了什麼事！」

他這樣單刀直入的問我，真使我不知道如何回答才好，他見我沒有立即回答。立時又道：「如果你不肯說，那麼，我只好到美國去，找麥爾倫先生，我知道你們三個人是在一起的！」

當他提到麥爾倫的時候，我震動了一下，然後才道：「麥爾倫先生已經死了，自殺的。」

這位摩亞先生聽得我那樣說，立時睜大了眼，他可能為了禮貌，是以沒有立時出聲，但是我從他的神情上，已經可以看出，他心中對我的觀感，決不是恭維。

麥爾倫自殺，這是事實，儘管我知道摩亞先生對此有懷疑，但是我也沒有向他多作解釋的必要，我只是轉身，在几上取過了那本雜誌，打開，遞了給他。

他先是望了我一眼，然後，迅速地閱讀着那篇報道麥爾倫自殺的文章。

他一聲不響，只是呼吸愈來愈急促，我也一聲不響地等着他。

十分鐘之後，他抬起頭來，聲音有點發顫：「太可怕了！」

我道：「世界上每天都有人自殺，我倒並不覺得有什麼特別可怕，只是覺得事情很奇怪。」

摩亞先生將雙手放在膝上，身子挺直地坐着，看來他正在竭力使自己鎮定，但是他的手，還是在微微發抖。我又道：「你在電話中說得不很明白，我想知道，令郎究竟怎麼了？」

摩亞先生的臉上，現出一股深切的哀痛的神情來，道：「他瘋了！」

我沒有出聲，摩亞先生又補充道：「他的神經完全錯亂了，瘋人院的醫生說，從來也未曾見過比他更可怕的瘋子！」

我心頭怦怦跳着：「摩亞先生，我和令郎相識雖然不深，但是我確信他是一個十分具有自信，同時，也是一個十分堅強的人！」

摩亞先生苦笑着：「對於你所說的這兩點，我毫無異議。」

我又道：「這樣性格的人，一般來說，能夠經受打擊和刺激，不會神經錯亂的！」

摩亞先生用他微抖的手，在面上撫抹着，神態顯得很疲倦，他道：「可是神經病專家說，神經再堅強的人，對忍受刺激，也有一定的限度，超過了這個限度，一樣受不了，而且後果更糟糕！」

我苦笑了一下：「那麼，他究竟受了什麼刺激，是因為他以後不能再航海？是調查庭對他的事，作了極不利的決定？」

摩亞先生搖着頭：「不是，他申請延期開庭，已被接納，調查庭判決的日期是今天。」

我喃喃地道：「那麼，究竟是為了什麼？」

摩亞先生直視着我：「年輕人，這就是我來見你的原因和我要問你的問題，他為了什麼？」

我只好苦笑着搖頭：「我不知道，真的，我不知道麥爾倫為什麼要自殺，也不知道令郎何以會神經錯亂，我只能將我們三個人在一起的經過講給你聽，不過，我相信你在聽了之後，一定找不出其中的原因！」

摩亞先生道：「那麼請你說！」

我略停了片刻，替他和我自己，都斟了一杯酒，然後才將經過情形，講了一遍。

我是從摩亞船長如何和我見面，開始講起的，只不過那一切經過，我講得很簡略，我將那天，麥爾倫先下水，我在帆布椅上睡着，醒來之後，發現他們兩人都不在船上，以及後來，他們兩人又浮出了水面的一段經過，說得比較詳細。

我將這一段經過說得比較詳細的原因，是因為我覺得這是整件事的關鍵。

那也就是說，我認為，在他們兩人下海的時候，一定曾遇到了什麼事——那一定是可怕之極的事情，才令得他們兩人，一個自殺，一個發了瘋！

等我講完了事實經過和表示了我的意見之後，摩亞先生好一會，一聲不出，只是默默地喝着酒。

過了好一會，還是我先開口：「我很想知道他的情形，我是說，他回來之後的情形！」

摩亞先生悽然道：「他未能支持到回來。」

我呆了一呆：「什麼意思？」

摩亞先生道：「毛里人號在悉尼以東一百餘浬處，被一艘船發現。那艘船的船員，看到毛里人號，完全是在無人操縱的情形之下，在海面飄流，就靠近它，上了船，他們看到他，正在縱聲大笑。」

我深深吸了一口氣，摩亞先生續道：「毛里人號被拖回來，醫生立時證實，他神經錯亂，在經過檢查之後，就進了瘋人院！」

我又呆了半晌，才道：「他一直笑着？」

摩亞先生搖頭道：「不，間歇還叫嚷着一些毫無意義，莫名其妙的話，也有你的名字。」

我挺了挺身子：「還有一點，不知道你留意了沒有，他是一個好船長，即使在駕駛毛里人號的時候，他也每天記航海日記——」

摩亞先生點頭道：「是的，我也知道他有這個習慣，所以，為了了解他究竟遇到過什麼事，最好就是翻查他的航海日記了！」

我忙道：「結果怎麼樣？」

摩亞先生嘆了一聲，打開了他帶來的公事包：「我將日記帶來了，你可以看一看！」

他遞了一本日記簿給我。

對於這本日記簿，我並不陌生，因為在毛里人號上，我曾不止一次，看到摩亞船長在這本日記簿上，振筆疾書。

我打開日記簿，迅速翻過了前面部分，因為那一部分所說的，全是平淡的、沒有事故的航行過程，一直到了發生事故的那一天。

那一天，摩亞船長只用了極其潦草的字迹，寫了一個字：「回航」。

以後接連三四天，日記上全是空白。然後，才又有了幾句，那幾句根本已不是航海日誌了，他寫的是：「現在我相信了，大海中是什麼事都可以發生的！」

那兩句，字迹之潦草，簡直不可辨認，然後，一連幾天，寫的全是「救救我」。

看了那麼多「救救我」，真是怵目驚心，由此可知他在回航途中，精神遭受到極其可怕的壓迫，他一直支持着，但是終歸支持不下去了！

他的最後一句「救救我」，甚至沒有寫完，只是在簿子上劃了長長的一道線，可以猜想得到從那一剎間起，他的精神徹底崩潰了。

我合上了日記簿，心情沉重得一句話也不想說。

我在盡量回憶那一天的情形。那一天，我明顯地感到摩亞船長和麥爾倫兩人在海中冒出來之後，神色十分不對勁，也明顯地有事情瞞着我，而我就是因為覺察到了這一點，才負氣離開的。

但是現在我至少明白了一點，他們兩人的確是有事情瞞着我，然而對我隱瞞的動機，卻是為了我好！

他們在海底遇到的事，一定不是普通人所能忍受的，我敢說，麥爾倫之所以自殺，就是因為他忍受不了之故；而摩亞船長的瘋，原因自然也是一樣！

他們兩人，一定不想我同樣感染到難以忍受的恐怖，是以一冒出海水之後，他們就有了默契，不再向我提及在海中遇到的事！

我想了好一會，才道：「醫生怎麼說？他完全沒有希望了麼？」

摩亞先生搖着頭：「醫生說，對於神經錯亂，世界上沒有一個人有把握說他會什麼時候痊癒，但如果能引導他將所受的刺激講出來，或者可以有多少希望，在醫學上，這叫作『病因誘導法』。」

我苦笑着，道：「照你所說，他已經完全瘋了，什麼人能引導他作正常的談話？」

摩亞先生搓着手，並不直接望向我，只是道：「有的，當日和他在一起的人。」

我道：「我！」

摩亞先生這才轉頭向我望來，點了點頭。

我站了起來，爽快地道：「好的，我跟你去，去見他，希望能對他有所幫助！」

摩亞先生也站了起來，抓住了我的手，激動地道：「謝謝你，就是你此行對他的病情一點幫助都沒有，我也一樣感謝你！」

看了摩亞先生的這種情形，我也覺得很難過，道：「你不必那麼說，我和他是朋友，我立時就可以動身。」

摩亞先生連連點頭，告辭而去。

我和摩亞先生第二次見面，已經在機場，飛機起飛之後，摩亞先生詳詳細細地對我說有關他兒子的事，目的自然是使我對摩亞船長能有進一步的了解。

在飛機降落之後，有船公司的職員在迎接摩亞先生，我們自機場直接前往神經病院。

神經病院就是瘋人院，我實在還無法舉例世界上有什麼地方，比瘋人院更可怕的了。這座神經病院，建造在山上，沿途經過不少地方，風景美麗得難以形容，翠巒飛瀑，流泉綠草，如同仙境一樣。

只看外表，那座神經病院也十分整潔、美麗，牆是白色的，面前是一大片草地，有不少人，正在護士的陪同下，在草地上散步，這些病人自然是病情較輕的。在瘋人院中，最不可忍受的是病人的那種神情，那種茫然、木然、毫無生氣的神情，真叫人難以忍受。

我經過一個女孩子，她呆呆地蹲在一簇蒲公英前，一動也不動。

在她的旁邊，有一個護士，那女孩子不過十五、六歲，有一頭可愛的金髮，但是她望着蒲公英的那種木然的神情，卻叫人看了心酸。

我急步穿過草地，走進病院的建築物，神經病院之中，似乎自然有着一股陰森之氣，這種陰森之氣，甚至遠較黑夜的墓地來得可怕。

墓地中埋的是死人，那股陰森只不過是伴隨死亡而來；但是瘋子，卻是活生生地出現在你的眼前的。我們才一進瘋人院，就看到兩個于思滿面的大漢，在爭奪一張破紙片，各自發出可怕的呼叫聲，他們至少也有四十歲了，可是看那情形，卻像是四歲一樣。

一個穿着白袍的醫生，迎了出來，和摩亞先生握着手，摩亞先生立時問道：「喬治的情形怎麼樣？」

那位醫生搖了搖頭，向我望了過來，摩亞先生又替我介紹道：「這位是喬治的主治醫師，這位是衛先生，喬治曾叫過他的名字！」

那位醫師和我握着手，他先將我們帶到了他的辦公室中，摩亞先生又將我和摩亞船長的關係，向他約略介紹了一遍。

在主治醫師的辦公室中，我有點坐立不安的感覺，因為我實在想去先見一見摩亞船長。

當我提出了這一點之後，那位醫師皺着眉：「衛先生，他的病情，現在發展得相當嚴重，當他一個人的時候，他還比較安靜，一見到別人，就變得十分可怕！」

我皺着眉：「可是我既然來了，我就一定要見他，而且希望和他談話。」

醫師想了一想：「我建議你先在門外觀察他，我們的病房的門上，都有窺視設備，你意見怎樣？」

要我們窺視摩亞船長，這當然不是我的本意，但是醫師既然這樣說，而且他還說得十分委婉，其中好像另有隱情，那就只好遵從他的意思了！

我點着頭：「好，不過，我還是希望能夠和他直接見面！」

醫生嘆了一聲：「那等你看到了他之後，再作最後決定。」

我向摩亞先生望了一望，他一臉無可奈何的神氣，我站了起來，仍由醫師帶着路，我們經過了一條長長的走廊，走廊的兩旁，全是房間，有的房間中傳出「砰砰」聲，有的房間中，傳出一句又一句，重複的、單調的歌聲，聽了令人毛髮直豎。

我們一直來到了走廊盡頭的一扇門前，醫師在門口略停了一會，招手叫我過去，指着門上的一個小孔，我立時將眼湊了上去。

那小孔上裝着一個「望人鏡」，其實是普通家用的那種望人鏡，不過是反過來裝，可以在外面，看到房間中的情形而已。

我才一湊上眼去，就看到了摩亞船長。

那間房間的陳設很簡單，摩亞船長正坐在一張椅子上，呆呆地坐着。

當我第一眼看到他的時候，我登時吃了一驚，因為他和我在酒吧裏遇見的那個充滿自信、愉快結實的小伙子，完全變了樣！

看到他這種情形，我不顧一切推門進去。

我才一走進去，就聽得摩亞船長，發出了一下慘叫聲，那真是令人慘不忍聞的一下呼叫聲。我立時將門關好，只見他倒在牀上，雙眼之中，充滿了恐懼的光芒，望定了我，一面不住地搖着手，面肉抽搐着，斷斷續續，用發顫的聲音道：「不，不！」

我心中真有說不出的難過，我將聲音，盡量放得柔和，我道：「摩亞，是我！」

摩亞船長的叫聲，愈來愈是尖鋭，尤其，當我開始慢慢地走過去之際，他喘着氣，我看出他的那種恐懼，真正是由他的內心深處發出來的，他的額上，汗珠不斷滲出來，瞳孔放大，我在離他有五、六步處，停了下來，因為我感到，如果我繼續走向前去，可能會將他嚇死！

他拚命向牀裏縮着，牀的一邊是靠着牆的，他一直縮到了牆前，還在拚命向內擠。

我嘆了一口氣，道：「你怎麼連我也認不出來了？你不記得了。我們曾一起乘毛里人號，去尋找沉船！」

我「沉船」兩字，才一出口，他又發出了一聲尖叫，低下了頭，將頭埋在被褥之中，我可以清楚地看到他的背上所冒出來的汗，在不到一分鐘的時間內，將他背上的衣服滲透！

他既然將頭埋在被褥中，看不到我，那我就可以繼續向前走了，我直來到牀前，伸手在他的肩頭上，輕輕地拍了一下。

我實在還不能說是拍了他一下，只不過是我的手指，在他的肩頭上，輕輕彈了一下而已，可是他卻像被我刺了一刀一樣，直跳了起來。

緊接着，他整個人，向我撲了過來！

我雖然早已聽得醫師講過，他在極度的恐懼之後，會變得反常的兇狠，但是我也沒有想到，他的來勢，竟是如此之兇猛！

當他突然向我撲過來之際，我可以說一點預防都沒有。我被他撲中，向後倒去，我們兩人，一起跌在地上，我剛準備推開他時，已感到了一陣窒息，我的頸際，被他緊緊地扼住了！

那一陣突如其來的窒息，令得我眼前一陣發黑，幾乎當時昏了過去。

我發出了一下含糊的呼叫聲，立時抓住了他的手腕，想強迫他鬆開我的頸，可是他卻是那麼用力地扼着我，一面扼着我，一面顫聲道：「你早該死了，你應該是幾根腐骨，你為什麼不死？」

這幾句話，摩亞雖然用十分可怖，完全變了音的聲音說出來的，而且還斷斷續續，但是，我卻可以聽得十分清楚，他說的的確是這幾句話。

自然，我當然也無法去思索，他說這幾句話，究竟是什麼意思，我只想到一點，那就是如果我再不設法令他鬆開我，我就要被他扼死了！

我放開了他的手腕，照準他的下頦，就是一拳。

這一拳，我用的力道十分大——我必須大力，因為如果不用力的話，他不可能放開我。

第五部

海底怪人

果然，這一拳擊出，他又發出了一下極可怕的呼叫聲，雙手鬆了開來。

他被我這一拳，擊得倒在地上，病房的門也在這時打開，醫師和摩亞先生，一起衝了進來，我一躍而起，一面後退，一面道：「你們快出去！」

醫師和摩亞先生，立時又退了出去，我扶起了椅子，揉着頸，望着摩亞船長。

他跌倒在地，好一會不動，然後又慢慢站了起來。我看到他的情形，像是已鎮定了很多，他不再恐懼，也不再向我進襲，只是直勾勾地望着我。

我努力在自己的臉上擠出笑容來：「怎麼樣，船長，現在可以談了麼？」

他仍是一動不動地望着我。

我本來想告訴他關於麥爾倫的死訊，但是一轉念間，我決定欺騙他，我道：「船長，你不肯說也沒有關係，麥爾倫已完全告訴我了！」

他陡地震動了一下，伸手向我指着，忽然大笑了起來，一面笑着，一面向我衝了過來。

這一次，他卻並不是向我襲擊，而是衝到了我的面前，抱住了我，不斷用手拍着我的肩頭，仍然不斷地笑着，我將他推了開去，他在牀沿上坐了下來，笑聲止住，仍是一副木然的神氣。

我直視着他：「你的秘密，已不成其為秘密，任何人都知道了！」

他又震動了一下，可是這一次，沒有再笑，也沒有別的動作。

我覺得我的話很有效，是以我湊近他：「說出來，你在海底見到了什麼！」

當我的臉湊近他的時候，他陡地又發出了一下驚呼聲，那一下驚呼聲之可怖，我實在不容易在幾十年內輕易忘記。接着，他雙手向我面上抓來，幸而這次我已有了準備，立時後退。

他立時抓起了枕頭，遮住了臉，全身發抖。

我想去拉開他手中的枕頭，可是他卻死抱住枕頭不放，我只好放棄，在他的耳際大聲道：「摩亞，麥爾倫全說了，你也不必將恐懼藏在心裏！」

可是他沒有反應，接着，我又花了足足半小時，說了許多我認為足以刺激他的話，可是他一點反應也沒有，只是用枕頭遮着臉。

醫師又推門進來：「衛先生，到此為止吧，我怕他會支持不住！」

我嘆了一聲，和醫師一起走出了病房。摩亞先生一直等在病房之外，他顯然知道事情毫無進展，是以看到我出來，只是苦澀地笑着。

我什麼話也沒有說，我們又回到了醫師的辦公室中，坐了下來。過了半晌，醫師才道：「衛先生，你已經看到了，你的出現，對他一點幫助也沒有！」

我低着頭，剛才和摩亞船長的會面，在我的心頭，造成了一股異樣的重壓。

我想了一想，才道：「並不能說完全沒有用，至少我已經知道，他心中有一項重大的秘密，那是他的病因，如果他能將這項秘密說出來，那麼，他的病，或許立時就能有所改善！」

醫師望着我苦笑：「當然，你說的話是符合實際情形的，可是你卻不知道，凡是在這種情形下神經失常的人，並不是他固執地不肯將秘密說出來，如果是那樣，他就清醒了。他現在的情形是，由於重大的刺激，在他自己的腦中，對這項秘密，也是一片空白，就算他極願告訴你，也辦不到！」

摩亞先生道：「那麼，沒有辦法了？」

醫師道：「我花了好長的時間，查過世界各地同樣病例的紀錄，有幾則像這樣情形而結果痊癒的！」

我忙道：「他們用的是什麼方法？」

醫師道：「在病人的面前，講出這個秘密來，使病人再受一次刺激，而恢復正常！」

我和摩亞先生互望了一眼，摩亞船長和麥爾倫在海底遇到了什麼，除了他們兩個人之外，沒有人知道，而麥爾倫已經死了！

在我們互望一眼之間，我想，我們都立時明白對方在想些什麼。

摩亞先生站了起來：「那好了，不管他在海底見到了什麼，我到同樣的地點去，再經歷一次，就可以知道了！」

醫師陡地一震：「摩亞先生，我絕對反對這樣做，我看這樣做的結果，就是我們這裏，再多一名瘋子！」

摩亞先生的神情很激動，臉色蒼白，他還沒有再說什麼，醫師又道：「看你現在的情形，你絕比不上令郎，將來你成為瘋子之後，情形一定比他更嚴重！」

摩亞先生顯然不服，可是我不讓他先說，已經道：「我去！」

醫師以一種極其驚訝的目光望着我，摩亞先生的提議，是出自父子之情，那是可以了解的，而我甘願去冒險，又是為了什麼呢？

摩亞先生也望着我，看來，我甘願去冒這個險，究竟為了什麼，我也一樣不了解。

我們三個人全靜了下來，過了好久，才聽得摩亞先生道：「我認為——」

我只聽他講到這裏，便打斷了他的話頭：「我不要任何人陪我去，摩亞先生，或者你還不知道我的為人，我最喜歡一切稀奇古怪的事，而且，不知見過多少古怪的事，不論他們曾在海底見過什麼，也不管他們因此而發生了什麼樣的悲劇，但是我一定經受得起的。」

醫師低着頭，顯然他認為這件事，他不便表示意見，摩亞先生則搓着手，我道：「我想，我們可以就此決定了，我一定要去，因為當日，如果不是他們兩個人，自己在海底有了如此可怕的經歷，而瞞着我的話，我的結果也是一樣的！」

摩亞先生在望着我：「如果你需要什麼報酬——」

這一次，我又是不等他講完，便又打斷了他的話頭：「我不要任何報酬，但是，我卻需要你供給我此行的一切設備。」

摩亞先生忙道：「可以的，毛里人號可以任你使用。」

我搖了搖頭，道：「不，我不要毛里人號，太慢了，我想要一架性能優越的水上飛機！」

摩亞先生道：「那絕無問題。」

我笑了笑：「這一切細節問題，我們不必在這裏討論——」

我在醫師的肩頭上拍了拍：「請你好好照顧摩亞船長，我會盡快回來！」

醫師喃喃地道：「願上帝保佑你！」

我聳了聳肩，和摩亞先生，一起離開了瘋人院。在接下來的幾天中，我為我的遠征，作充分的準備。以摩亞先生的財力而論，做起準備工夫來，事半功倍，我帶了許多一定要用得到的東西，也帶了一些可能用到，但不一定要用的東西。

摩亞先生替我準備的，是一架中型的水上飛機，他堅持要和我同行，而被我拒絕了之後，又要派一個十分著名的潛水專家和我一起，但也同樣給我拒絕了。

他又通過紐西蘭政府，向其他各國政府，通知有我這樣一架飛機，要往大西洋，請各地政府，盡量給我方便和協助。

我起飛的時間，是下午二時，事先，我已經試過好幾次起飛和在水上降落，證明這架水上飛機，性能極其優越，所以起飛之後，我採取直線飛行，一直到午夜，才到了預定的第一個站，補充燃料。

飛行的計劃十分順利，第三天中午，已經到了當日「毛里人號」停泊的上空，我低飛，打了一個盤旋，借助科學儀器測定的正確位置，我幾乎就降落在當日毛里人號停泊的地方。

那一天，當我飛抵目的地的時候，天色很暗，一天都是烏雲，海水的顏色，也顯得特別深沉，好像一個心中有着巨大的鬱怒的人的臉一樣。

在盤旋一周之後，我開始降落，飛機在水上兜了一個圈子，停了下來。

當飛機在海上飛的時候，海水看來，好像十分平靜，但是一等到停下來時，我就開始覺得有點不妙了。看來很平靜的海水，顯然有着暗湧，因為機身晃動得很厲害。當我從座位上站起來走動的時候，我要扶住艙壁，才不致於跌倒，這時，只有我一個人，在汪洋大海之上，要是有了什麼突如其來的變故，只怕沒有什麼人可以救得了我！

我打開了機艙的門，望着大海，由於機身的搖晃，海面看來像是反覆不定的一張大毯子，使我有點頭暈，我定了定神，先放下了一艘充氣的橡皮艇，然後，將應用的東西，一件件縋下去。

這時候，我有點後悔，何以堅拒摩亞先生的提議，帶一個助手來。

因為如果有一個助手的話，那麼，我這時至少可以有人幫助，而更重要的是，當我開始感到有一點害怕的時候，可以有一個人和我交談，互相安慰鼓勵，而現在卻只有我一個人。一個人而感到害怕，唯一的結果，就是害怕的感覺，愈來愈甚。

我盡量不使自己去想這些，天氣報告證明這一帶天色雖暗，但不會有什麼大的變化，而我估計，我在海水中，也不會耽擱太久，天黑之前，我一定可以有所發現，而起飛回去！

我縋下了應用的東西，在飛機上換上了潛水的裝備，沿着繩梯，到了小艇上。

我校正了方向，跳進了水中。

海水很冷，一進水中，就接連打了幾個寒顫，我伏在海底推進器上，當日麥爾倫潛進水中，他行進的方向，我是知道的，我就照他的方向，一面前進，一面潛得更深。

當我潛到了海底之後，我看到了海底潔白的沙，沙是如此之細，如此之白，很出乎我的意料。

我操縱着推進器，向前潛着，海底很平靜，和其他任何地方的海底，並無不同，我小心留意着海底的情形，可是時間慢慢地過去，我實在沒有什麼特別的發現。

那時，我已經兜了一個圈子，開始兜第二個圈子，將半徑擴大。

我估計在兜第二個圈子的時候，離飛機停的地方，約是五百公尺，接着，是第三個圈子，半徑增加到八百公尺。

海底看來仍很平靜，成群的魚在游來游去，當我來到西北方的時候，我看到東西了！

我看到的可疑東西，離我大約有一百公尺左右，我立時向那東西靠近。

開始時，我還不能肯定那東西是什麼，但是當我漸漸接近它時，我立時可以肯定，毫無疑問，那是一艘船，一艘沉了的船！

當時，我的心劇烈地跳動了起來，連我自己也不知道何以心跳得如此之甚，或許是因為事情來得太容易了，我下水只不過一小時左右，就看到了沉船。

而且，沉船看來如此清晰，船的一半，埋在沙中，而船首部分，露在沙上，海水清澈，我可以看得清清楚楚，那是一艘西班牙海軍全盛時期形式的大船。

我操縱着海底推進器，迅速地向沉船接近，當我更接近船頭的時候，我又看到了船頭上的標誌，那正是我熟知的徽飾。這艘船，就是摩亞船長要找的「鬼船」！

我又立時想到，摩亞船長和麥爾倫兩人，當日一定也是下水不久之後，就看到這艘沉船的，自然是麥爾倫，因為他最先下水，而他在看到了沉船之後，一定立時告訴了摩亞船長。

當時，我正躺在帆布椅上沉睡，摩亞船長在接到了麥爾倫的報告之後並沒有叫醒我——這一點，我不知道是為了什麼原因，而他自己則立時也下了水。

但是，接着，又發生了什麼事呢？為什麼他們兩人，神色倉惶地冒出水面，立時離開了這裏，結果一個自殺，一個成了瘋子？

但是，不論他們當日遇到了什麼事情，我現在既然已看到了沉船，他們所遇到的事，我也一定立時可以親自經歷的了！

想起他們兩人的結果，我的心情，極度緊張，等到我來到了船邊的時候，我伸手撫摸船身。

這時候，我起了一種十分難以形容的疑惑之感。根據摩亞船長的考證，這艘船，沉在海底，已經有好幾百年了，但是當我觸摸到船身之際，卻一點也沒有摸到朽木的感覺，我碰到的，仍然是保養得十分好，十分堅實的木頭，就像這艘船是在一小時之前才沉進水中的一樣！

我將推進器固定在船邊，然後，沿着高大的船身，向上「爬」去，我其實應該説是向上「升」去，不一會，我就來到了甲板上。

整艘船，以四十五度角傾斜着，船首在上，船尾埋在海底潔白幼細的沙粒中。

當我來到甲板上的時候，我的驚訝更甚，因為，不論從什麼角度來看，這都是一艘新船，決計不是在海水中沉沒了數百年的沉船。

我攀着甲板上的東西——這些東西全有着航海者所用的專門名稱，我也不一一介紹了，然而有一點必須説明的是，這些東西，不論是我的視覺和觸覺，都告訴我，那是新的！

我心中的驚疑，愈來愈甚，那種驚異之感，是如此洶湧而來，以致剎那之間，我幾乎感到自己的呼吸，有點不暢順起來。

我勉力使自己鎮定，一面接近一扇艙門，一面不住告訴自己，我這時所遇到的，是一件怪得不能再怪的怪事，不論我再見到什麼，我都必須保持鎮定。

等到我的手，已然可以碰到艙門之際，我伸手輕輕一拉，門便向外浮了開來，船艙之中，相當黑暗，一時之間，我看不清艙中有什麼，但我還是先游了進去，隨即亮了燈。

我看到了一個空的船艙，艙中什麼也沒有。

那船艙相當寬敞，可是卻什麼也沒有，船艙有兩扇窗子，窗上有着木頭雕花的裝飾，那些花紋，看來仍然是凹凸玲瓏。

如果不是整艘船在海水之中，我在那樣的情形下，看到了那樣的情形，一定會不由自主，高聲問「是不是有人」了！

這時，我當然沒有出聲，可是我心跳得極其激烈，我甚至無法想像，自己究竟是在什麼地方，我是在一艘沉船之中麼？一定是的，但是，沉沒了幾百年的船，何以如此之新，如此之異樣？

我在這船艙中，上上下下，游了一遍，正準備再去察看船上的其他部分時，突然我聽到了一陣「啪啪啪」的聲響，自下面傳了上來。

當我一聽到那種聲響之際，我心中的恐懼，實在是難以形容的，我就像是全身浸在冰水之中一樣，不由自主，屏住了呼吸。

那種聲響，聽來像是有人在用鎚敲釘子！

而這種聲響，我也不是第一次聽到的了。當日，當我一覺睡醒之後，在棄置在「毛里人號」甲板上的無線電對講機中，就有這樣的聲音傳出來。

而現在，我又更直接地聽到了這種聲音。

我在屏住了呼吸片刻之後，又大口大口地喘着氣，我立時游出了這個艙。出了船艙之後，那種聲音，聽來更是清晰，而且，我聽出，那是在船尾部分傳了過來的，也就是說，這種聲響，是整艘船，埋在海沙的那一部分傳出來的！

一艘船，在海底沉了幾百年，有一大半，被埋在海沙之中，而埋在海沙中的那一部分，居然會有鎚打釘子的聲音傳出來！

我覺得我的勇氣，在逐漸消失，已到了沒有膽子再逗留下去的地步了！

我告訴自己，我必須立即冒出水面，回到飛機上去！

可是，我此來的目的，又是為了什麼呢？我不是曾許下豪語，不論海底有着什麼怪事，一定要探個明白，才算是對得起摩亞船長的麼？

這時，我開始感到，在未曾經歷一件事情之前，想像可以應付是一件事，而到了身歷其境之際，是不是真正能應付，又是另一件事！

出了那船艙之後，我雙手拉住了船舷，這時，只要我雙腳向上蹬一下，我就可以離開這艘怪異莫名的沉船，浮上水面了！

但是，就在這時，我看到了一樣東西。那是一具小型的無線電對講機。

這具對講機，擱在近船艙處的兩個木樁之間，那一定是麥爾倫留下來的。我當日在毛里人號的甲板上，聽到那種聲音，一定是由這具無線電對講機傳過來的。

看到了那具無線電對講機，事實上，並不能增加我的勇氣，相反地，卻增加我的恐懼，但是，卻也使我的好奇心，達到了頂點。那便是打消了離開這艘怪異的沉船的原因。

我向下沉，伸手取起了這具無線電對講機，同時，那種「啪啪」聲，還在不斷傳來。

我又發現，有一扇半打開的艙門，可以使我進船的內部去，而且看來，海沙只不過淹沒了船的外部，並未曾侵入到船身之中。

這自然也是不可能的，一艘船既然在海中浸了數百年，當它的一大半，被海沙淹沒之際，海沙一定也填沒了船上的每一個空隙。但是，這艘船既然在海中浸了數百年之久，還是如此之新，那麼，就算海沙未曾侵入船尾部分的船艙，也不算是什麼特別的怪事了！

我勉力定了定神，從那扇艙門中，鑽了進去，向下慢慢游去。

我已游到了船尾部分的船艙之中了，那正是被埋在海沙之中的。我過了一個艙又一個艙，艙中全是空的，那種「啪啪」聲，愈來愈近，我心中的驚悸，也愈來愈甚。

我在想，那一定是有一條大魚，被困在艙中游不出來了，是以正在以魚身撞着艙壁。

但即使當我那樣想的時候，我也知道這樣的可能性是不大的。因為，就算有大魚被困在船艙之中，所發出來的聲音，也不是那樣的，這時我所聽到的，明明是有人用鎚在敲釘子的聲音。

我終於又來到了一個艙的門口，艙門緊閉着，而且，我也可以肯定，那種敲打聲，是從這扇門之中，傳出來的。那也就是說，只要我伸手推開門，我就可以看到，究竟是什麼東西在發出那種怪異的聲音來了！

我伸手去推門，我的手在發着抖。

在水中，手發抖，這還是我有生以來，第一次有這樣的經歷。

由於我的手在發抖，而且，抖得如此劇烈，是以當我伸手向前的時候，抖出連串的水花來，我推門，可是那扇門卻不動。

附在我頭罩上的燈光，正照在那扇門上，而我已伸手在推門，我當然可以看清這扇門的結構。這扇門看來，並沒有什麼不同，只不過在門口，有十字形交叉的銅箍。

而且，根據位置來推斷，這間艙房，可能就是這艘沉船的船長室。

我推了一推，沒有將門推開，心中有點不服氣，因為我不信我會推不開一扇在海底沉了數百年之久的船艙的門，於是我用力，以膝去撞門。

當我的膝蓋撞到門口之際，發出了一下聲響。

而在這一下聲響之後，那種「啪啪」聲，忽然停止了！當那種怪異的聲響，不住在耳朵響着的時候，固然使人覺得可怖；但是當那種聲響，忽然消失，變成了一片寂靜之後，卻更加叫人受不了！

我那一撞，並未曾將門撞開來，於是，我略退了一退，用整個身子的力量，向前撞去。

我以為，這一下，一定會重重撞在門上的，卻不料，就在我的身子，快撞到門上之一際，那扇艙門，陡地打了開來！別忘記船是呈四十五度角斜埋在沙中的，那扇門一開，我立時向下沉，沉進了門中。

來。

當我止住了我下沉之勢時，我已經碰到了門對面的艙壁，我立時轉過身來。

在那一剎間，我看到了那絕對無法置信的事！

在我的對面，在燈光所及的地方，有一個人！

是的，我說是一個人，不是一條魚，那人——我真不知該如何依着次序來說的好——那人並沒有任何潛水設備，就是一個人。他穿着很簡陋，但是顯然不是屬於現代人的衣服。

他的頭髮，向上浮起，浮在水中，他睜大了眼望着我，在他的面前，是一口相當大的木箱子，他的手中，揑着一個鐵鎚。

一個人，在木箱上鎚鐵釘！

這樣的一件事，如果放在陸地上的話，那真是普通之極的事情。

可是，現在卻是在海底，在一艘沉了數百年的沉船之中，我記得，我不斷地發出尖叫聲，我看到那人，口中噴出氣泡，揮着鐵鎚，向我擊來。

他的第一鎚，就打破了我的頭罩上的燈，我的眼前，變成一片漆黑。

我根本已失去了任何反抗的能力，因為我心頭的驚懼，使我全身發軟。在一片漆黑之中，我只覺得，對方的鐵鎚，不斷地擊在我的身上。

如果不是在水中的話，我想，我一定被對方的鐵鎚，打得骨斷筋裂了，但是水的阻力卻救了我，我只感到一下又一下的打擊，但是卻不至於致命。

當我有了氣力，可以推開那個人的時候，我不知道已捱了多少下打擊，我推開了那人，向上浮去，大量的氣泡向上升，我竟然一下子就浮出了艙口，我立時將門緊緊地壓上，大口喘着氣。

我這時的一切行動，幾乎是下意識的，因為我腦部的正常活動，幾乎全為過度的驚懼所破壞了，我無法詳敘當時動作的細節，因為我根本無法知道我做了一些什麼，我是在一種狂亂的情緒下動作的，我不知壓了那扇門多久，我又向上升去。

我一面向上伸，一面手腳不住亂動，我一直向上升着，是怎麼離開那艘船的，我不知道。我一看到了光亮，就拚命向前游，一直游出了不知多遠，才升上海面，當我從海水中冒出頭來的時候，我第一眼就看到水上飛機，就停在離我不遠處。

而當我升出水面之後，我第一個念頭就是：一切全是不可能的，全是我在海底所產生的幻覺，我又向前游着，抓住了水上飛機艙口垂下來的梯子。

我甩脫了頭罩，大口喘着氣，頭罩浮在水面上，上面的燈被擊碎了。

如果我在海底，所遇到的一切，全是幻覺的話，那麼，頭罩上的燈，會隨着幻覺而碎裂麼？

我勉力使自己定下神來，一面喘着氣，一面又下了幾級梯子，將浮在海面上的頭罩，撈了起來，一口氣爬進了機艙之中，再來看那頭罩。

我之所以要爬進了機艙之後再看那頭罩，是因為我怕停留在梯級上，而又證明了我在海底所遇到的一切並不是幻像之後，我會支持不住，而跌進海中去！

這時，我已經進了機艙，坐了下來，再來察看那頭罩，只見上面的燈不但被打碎了，而且，在鋁合金製成的頭罩上，還有很多凹進去的地方，那顯然是用鎚子，大力敲擊出來的。

我眼前立時又現出了在海底的那個人，揮着鎚子向我進襲的形象，我的頭上，還在隱隱作痛！

這正是太可怕了，我整個人軟癱着，像是虛脫了一樣，除了大口大口喘着氣以外，什麼也不能做。

我不知自己在座椅上癱瘓一樣地坐了多久，等我又打量四周的環境時，我發現天色已漸漸黑了下來，那就是說，我在機艙之中，腦中一片空白，什麼也無法想，像是木頭人一樣地坐着，已經有幾小時之久了！

我像是被針刺了一下一樣，突然跳了起來，關上了機艙的門，然後，我以神經質的動作，發動了引擎，由於我的心思是如此之慌張，以致我的全身，都不住在簌簌發抖，水上飛機在海面上向前疾衝了半小時之久，我竟忘了拉起起飛桿來。

等到飛機上了空，我一面喘着氣，一面和最近的機場聯絡，告訴機場控制室，我要緊急降落。

這時候，水上飛機實在一點毛病也沒有，但是有毛病的是我這個飛機駕駛人，我的飛機駕駛技術，應付這種水上飛機，綽綽有餘，但這時，我不住在發着抖，比最厲害的瘧疾患者尤甚，我只要求能降落，讓我好好地靜上一靜。我甚至連機場控制室的回答也沒有聽清楚，幸而我還有一分理智，使我能向目的地飛，而這一點，事實上也由於是求生的本能而來的。

當水上飛機降落之際，在跑道上可怕地彈跳着，又折斷了一隻機翼，才算停了下來。我依稀聽到了救傷車和救火車的緊急呼號聲，但是以後的情形如何，我就完全不知了，因為我已經忍受不住，而昏了過去。

當日，麥爾倫和摩亞船長，自水中升上來之際，他們的面色雖然恐怖，但是他們卻也不至於立時昏了過去，那並不是我的神經不如他們堅強，而是因為他們有兩個人，而且立時又看到了我的緣故。

當一個人在極度的驚恐之下，如果仍然只有他一個人，那麼，這種驚恐，必然迅速加深，以至於不可忍受，但如果立即遇到了別人的話，恐懼就會比較減少。

我就是直到降落之際，並沒有任何機會遇到任何人的緣故，是以才忍受不住而昏迷過去的。

事後（九天之後），一位精神病專家對我說出了他的意見，他說，一個人在過度的驚恐刺激之下，在最短時期內昏過去，是一個好現象，那能使人的神經，有鬆散的機會。如果不是藉昏迷來調劑神經，那麼，便會有可怕的後果——發瘋。

我當時昏了過去，等我醒來的時候，我早已住在醫院之中了。

一位醫生在病牀之前，看到我醒了過來，他立時道：「鎮定一些，你受了極大的刺激，我已替你注射了鎮靜劑，你最好快些熟睡。」

我眨着眼，想坐起身來，但是我的身子才動了一動，醫生雙手就按住了我的肩，直視着我。不知道是鎮靜劑的作用，還是他在望着我的時候，在施展催眠術，總之，我什麼話也沒有說出來，只覺得極其疲倦，而立時合上了眼，睡了過去。

第六部

鬼船的進攻

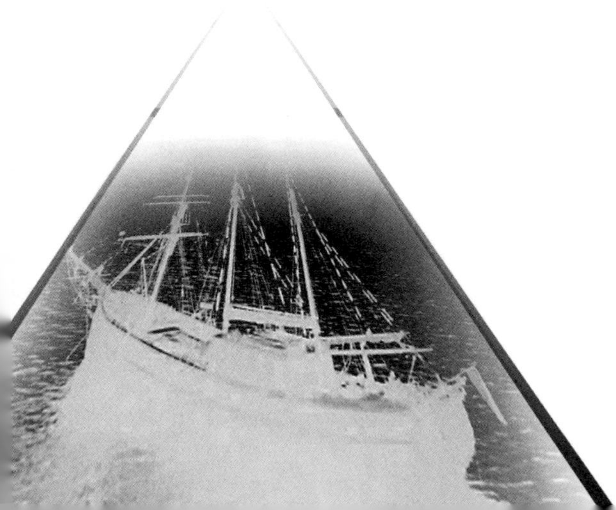

這一覺，足足睡了二十小時之久，等到我再度醒來時，我已經恢復正常了。

在護士的攙扶下，我起了牀，然後，我洗了澡，進了餐，精神十分好，雖然想起海底中的情形，仍然有點不寒而慄，然而我畢竟是經歷過許多古怪荒誕的事情的人，總可以忍受得住。

接着，是摩亞先生來了。

他走進病房，就道：「我一接到你緊急降落的消息，立時啟程來看你，你怎麼樣？」

我勉強笑了一下：「看來我很好，不過那架飛機卻完了！」

摩亞先生揮着手：「別提那架飛機了，你在海底，究竟遇到了什麼？」

我略為考慮了一下，說道：「請你鎮定一些，也請你相信我所說的每一個字！」

摩亞先生的神情很嚴肅，於是，我將我在海底所見的情形，講了出來。

當我說完之後，他的面色，變得十分難看，一言不發，站了起來，我道：

「你以為——」

摩亞先生陡地打斷了我的話頭：「算了，早知有這樣的結果，我不會答應讓你去潛水！」

我呆了一呆，但是我立時明白了他那樣說是什麼意思，我不禁大是有氣，大聲道：「怎麼樣，你根本不相信我所說的話？」

摩亞先生的態度，變得和緩了些，他想了一想，才道：「不是我不相信，而是我數十年來，所受的教育，無法相信你所說是事實，我只能相信——」

他講到這裏，頓了一頓，我立時道：「你只能相信什麼，說！」

當時，我的態度自然不十分好，但是摩亞先生，卻維持着他的風度：「先生，全是幻覺，你潛得太深了，人在海底，會產生各種各樣的幻覺！」

我大聲道：「我寧願這一切，全是幻覺，但是我的潛水頭罩上的燈被打碎了，頭罩上還有過被鎚敲擊的凹痕，我不以為幻覺會有實際的力量！」

摩亞先生立時道：「實際的情形是，當你在產生幻覺之際，你在亂撞亂碰，頭罩自然是連續碰到了什麼硬物，才會損壞的。」

我嘆了一聲：「不是我碰到了什麼硬物，而是什麼硬物碰我的頭罩，那『什麼硬物』，是一柄鐵鎚，握在一個大漢的手中！」

摩亞先生望住了我，不出聲，他的那種眼光，令我感到極度的不舒服，我陡地跳了起來，叫道：「不要將我當作瘋子一樣地望着我！」當我叫出了這一句話時，摩亞先生陡地震動了一下，而我立即知道他是為了什麼而震動的，因為在他的心中，的確已將我當作瘋子了！

他在震動了一下之後，立時轉過頭去，我們之間，保持了極難堪的沉默。

過了好一會，他才道：「衛先生，你希望我能夠做些什麼？」

我道：「第一，當然我還要到瘋人院去，和令郎面談，第二，我希望以你的財力，組織一個海底搜索隊，將這件神秘莫測的事，公諸天下！」

摩亞先生聽了我的話之後，苦笑着：「真對不起，這兩項要求，我都不能考慮！」

我張大了口，像是呼吸困難一樣，好一會才迸出了一句話來：「你甚至不讓我再去見他？」

摩亞先生搖着頭：「不是我不讓你去見他，而是，而是——」

他講到這裏，陡地停了下來，在那一剎間，我只感到他臉上的皺紋加深，面色灰敗，顯出了極其深切的哀痛來，我一看到他這樣的情形，身子便把不住發抖：「船長他……他怎麼了？」

摩亞先生緩緩轉過身去，顯然他是在維持身分，不願在我這個不大熟悉的人面前，表現出太大的哀痛來。但是，我即使看不到他的神情，也同樣可以在他的語聲之中，聽出他的哀慟來。

他徐徐地道：「你走了之後的第二天，護士進去，送食物給他，他驚叫着，襲擊那護士，護士為了自衛，用一隻瓶敲擊他的頭部，等其餘人趕到時，他已經受了重傷，幾小時之後就……死了！」

我聽得呆在那裏，一句話也講不出來。

的確，叫我說什麼好呢？我冒了那麼大的險，在海底經歷了如此可怕的經歷，為的就是想在弄明白了真相之後，能使他復原。可是，他卻死了！

呆了很久很久，摩亞先生才木然轉過身來：「好了，就當作一場噩夢吧！」

我無話可說，摩亞先生遭到了那樣的打擊，我說任何的話，都是多餘的了！

我又呆了好久，才將手按在他的肩頭上：「摩亞先生，對你來說，事情可以當作一場噩夢，但是我不能，我要將這件事，清清楚楚地弄一個水落石出，這是唯一可行的辦法，證明令郎是一個出色的航海家，而不是會在海面或海底，隨便發生幻覺的那一類神經不健全的人！」

摩亞先生靜靜聽着，一聲不出。

我又道：「這正是令郎生前最關心的事：他的名譽。一個人生命可以結束，但是他的名譽，卻是永存的！」

摩亞先生嘆了一聲。我又道：「當然，我會單獨進行，不會再來麻煩你的了！」

他又嘆了一聲，壓低了聲音：「我對你的話，表示深切的同情，不過我希望你好好休息一下，將一切全都忘記！」

我略牽了牽嘴角，我是想勉強地發出一個無可奈何的笑容來，但是結果，勉強笑也笑不出，但是我不同意他的話，卻已表露無遺了！

摩亞先生用手在臉上抹着：「人類醫學發達，可是卻還沒有一種藥，服食之後，可以忘記一件事的，不然，我寧願忘記我有一個兒子，那麼，我以後的日子，一定容易打發得多了！」

我緊盯着他：「你為什麼不願意考慮我對你說的，在海底中見到的事情？」

摩亞先生搖着頭。我來回疾走了幾步：「或許，你和我一起去潛一次水，我們配戴武器，攜備攝影機，將水中的那人攝影，或者將他活捉了上來？」

摩亞先生望着我，過了半晌，他才道：「衛先生，你該好好休息一下了。」

說來說去，他仍然完全不相信我！

我在病牀上躺了下來，摩亞先生道：「真對不起，我太疲倦了，疲倦到不想做任何事情。」

我沒有再說什麼，的確，摩亞先生因為過度的哀傷，而什麼事情都不想做了，我再強要他去潛水，那簡直是不可能的事。

我們又默默相對了片刻，摩亞先生才道：「我要走了，祝你好運。」

我苦笑着，和他一起走了出去，我們通過了醫院的長走廊，雖然相互之間，全沒開口，但是我想他和我一樣，一定也有不想分手的感覺。

但是，終於來到了醫院的門口，他和我握手，然後，轉過身去，我看看他已快上了車子，忽然，他又轉過身，急急向我走來。

他來到了我的面前：「有一件事，我或許要對你說一下。」

我望着他，他道：「真是造化弄人，他是頭部受了重擊之後，傷重不治的——」

一聽得他提及摩亞船長的死，我立時便感到，他要對我說的話，一定極其重要，不然，他已經悲傷極深，決不會無緣無故地再提起他的兒子來的。

我用心聽着，摩亞先生續道：「在臨死之前的十幾秒鐘，他竟完全清醒了，我的意思是說，當他從昏迷中清醒過來時，他不是瘋子！」

我忙點着頭，道：「這是奇迹，他神經失常，可是在受了重擊之後，卻恢復正常了。」

摩亞先生道：「是的，可是時間太短暫了，只有十幾秒鐘，接着，他的心臟就停止了跳動！」

我感到自己呼吸急促，我忙道：「他在那短暫的時間中，一定說了些什麼，是不是？不然，你怎能知道他的神志已經恢復了？」

摩亞先生點着頭：「是的，他說了幾句話，當時，我和幾個醫生在他面前，他認得出是我，用微弱的聲音叫着我，接着，他說那人打得他很重，他自己知道，一定活不下去了，我還未曾來得及告訴他，不該怪那個護士，護士是自衛才如此做的，他就死了！」

我簡直緊張得有點喘不過氣來，道：「他說什麼？他說有人不斷敲他的頭部？」

摩亞先生道：「是的，那護士敲他的頭部。」

我停了片刻：「對於他最後這句話，我和你有不同的看法，摩亞先生，我想他是說，在海底，那人用鎚在打他！」

摩亞先生立時聲色俱厲地道：「衛先生，我兒子在臨死的一剎間，是清醒的，他一見我就認出我來了！」

摩亞先生一說完，立時轉身走了開去，上了車，車子也疾駛而走！

我呆呆地站在門口。

在剎那間，我完全可以肯定，我在海底所遇到的一切，決不是幻覺，我之所以如此肯定，自然是因為摩亞船長臨死時的那一句話。

這句話，在任何人聽來，都以為他是指那個自衛的護士而言的，但是我知道另有所指。

摩亞船長在清醒之後，不會再記得神經錯亂時的事，神經錯亂之後的那一段長時間，不會在他的腦中留下記憶。他醒了過來之後，知道頭部受了重擊，快要死了，在那一剎間，他所想到的，是以前的事，是他神經錯亂之前的事。

我這樣說法，是完全有醫學上的根據的。那麼，就是說，在他神經錯亂之前，也有人用硬物敲擊他的頭部。

那還用懷疑麼？摩亞船長在海底，在那艘沉船之中，也曾被那個不可思議的水中人，以鐵鎚襲擊！

這就證明，在沉船中，的確有一個人活着，這個人活在水中！

我站了許久，直到遍體生出的涼意使我打了一個寒噤，才慢慢地回到了病房之中。

一個在水中生活的人，這實在是不可思議的事，但是那卻是我在海底所見的事實。

雖然，到現在為止，只有我、麥爾倫和摩亞船長三個人見過這個人，而他們已經死了，我再將這件事講出來，不會有任何人相信我的話。

但是，只要真有這樣的一個人存在，事情就簡單得多了，任何人，只要肯在這個地點，潛下水去，找到那艘沉船，他就可以見到那個人。

只不過問題在於，如果他人根本不相信我的話，他們就不會跟我去潛水，最好的方法是，我用水底攝影機，將那人的照片，帶給世人看，這就是最好的證明！

一想到這裏，我已下了決心，我還要單獨再去作一次潛水，再和那人見一次面，然後，來揭開這個不可思議的大秘密。

我精神大振，當日就離開了醫院，搬進了酒店，同時，以長途電話，通知家人替我匯錢來。

三天之內，我作好了一切準備，包括選購了一艘很可以用的船在內，我又出海，駛向我曾經去過兩次的那個地點，去作探索。

當船到達目的地之際，天色已黑，我決定等明早再說。

當晚，海面上十分平靜，月白風清，船身在輕輕搖晃着，我本來是想好好地睡上一覺的，可是在牀上，就什麼也睡不着。

翻來覆去了幾小時之後，已經是午夜了，我披了一件衣服，來到了甲板上。

海面上開始有霧，而且，霧在漸漸地加濃，我在甲板上坐了下來，點燃了一支煙，由於霧漸漸地濃了，海面的空氣，覺得很潮濕，所以我在吸煙的時候，煙上發出輕微的滋滋聲。

海面上有霧，這表示日出霧散之後，會有一個好天，這對我潛水是有幫助的，而且我來的時候，已算定了正確的位置，那艘沉船，可能就在我船停泊地方，不到五十公尺處。

想到天一亮，我就可以帶着攝影機下水，將那個在沉船中的人，攝進鏡頭之際，我的心跳得更厲害，一點睡意也沒有。

我吸了一支煙，又點燃另一支，一連吸了三支煙，霧更濃了，我忽然聽到，附近的海面上，有一種「啪啪」的聲響。

我陡地緊張起來，這種聲響，一聽就可以辨別出，是海水中有什麼東西在移動，震動了海水而發出來的。

我立時站了起來，從聲音來辨別距離，那聲音發出的所在，離開我決不會很遠。可是，霧是如此之濃，我無法看到任何東西，向前望去，只是白茫茫的一片。

而那種聲音在持續着，不但在前面，而且在左面和右面，也有同樣的聲音傳來。

我變得十分緊張，突然之間，我想起這種聲音，我也不是第一次聽到了！當「毛里人號」在行駛之際，有一次，摩亞船長就曾將我和麥爾倫兩人叫醒，叫我們靜靜地傾聽，那一次，海面上的霧，和現在一樣濃，只不過，那一次，聲響聽來較遠，而這次，聲響卻來得十分近。我慌張地朝三個有聲響傳來的方向轉動着，也不知道是由於什麼衝動，我大聲叫了起：問道：「什麼人！」

我聲嘶力竭地叫着，叫了七、八遍，那種水聲，竟在漸漸移近，陡然之間，我看到東西了！

那是一艘古代的帆船，正以相當高的速度，向我的船，迎面撞了過來！那真正是突如其來的意外，當這艘船，突然衝過濃霧，出現在我面前的時候，離開我的船，只不過三十公尺左右，我在那一剎間，變得目定口呆。

緊接着，我想，至多不過是兩秒鐘吧，我又看到了那艘船的前半截，和它高大的桅。

同時，我聽得船頭之上，有人在發出可怕的笑聲，而且，我立即看到了那個人！那人半伏在一堆纜繩之上，張大口，向我笑着。

我認得出他，他就是那個在沉船的船艙之中，持着鐵鎚，向我襲擊的人！

我踉蹌後退，在我剛退艙口之際，我又看到，一左一右，另外有兩艘同樣的船，在駛過來，船頭上，一樣有着那種盤繞着海怪的徽飾！

三艘鬼船！

現在，我完全相信摩亞船長的話了！

摩亞船長的船，就是為了要逃避這三艘鬼船的撞擊，而改變航道，終於造成了沉船的慘劇的。當摩亞船長向我說起這一段經過的時候，我無論如何不肯相信，而且試圖用種種「科學」的觀點去解釋。

但是我現在卻不需要任何解釋，因為我自己見到了這三艘鬼船！

而且，我的處境，比摩亞船長當日遇見鬼船之際，更來得糟糕，他當時一看到鬼船，還可以立時下令，改變航道去避開它們，但現在，我卻無法這樣做。

我並不是說，我沒有機會這樣做，如果我有足夠的鎮定的話，在迎面而來的那一艘船，衝破濃霧，突然出現之際，我或者可以立時奔回艙中，發動機器逃走的。

但是我卻沒有這份鎮定。

當我發現第一艘船，陡地從濃霧中冒出來之際，我完全驚呆了，先是呆立了幾秒鐘，接着，踉蹌退到了艙門口，又發現了自左、右而來的兩艘船，我僵呆在艙口，一動也不能動。

三艘船一起向我的船撞來，我看得十分清楚，那是三艘三桅大船，我也聽得那人在迎面而來的船上，發出淒厲的怪笑聲。

在這時候，我腦子異常清醒，可是我的身子，卻因為過度的震駭，一動也不能動。

我眼看着那三艘船的船頭，冒着浪花，向我的船撞了過來。

而在那一剎間，我所想的，是一個十分可笑的念頭，我在想，這三艘是鬼船，鬼船是雖然看得到，而實際上並不存在的東西，就像是影子一樣，它們雖然聲勢洶洶地向我的船撞了過來，但是事實上，它們就像是三個巨大的影子，並不能傷害我的，它們就快過去了，就快要透過我的船駛過去了，我只不過受一場虛驚而已。

這時候，我作這樣的想法，證明我的神經，已經緊張到了推翻了平時對科學的信念的地步，已到了毫無保留地相信鬼船的存在的程度，這證明，我的神經，已經開始有點錯亂了！

我只記得，當那三艘鬼船，離我的船來得更近之際，一切動作，好像在突然之際，慢了下來，就像是電影上的慢鏡頭一樣。

三艘船繼續向我的船衝過來，船頭所激起的浪花，像是花朵一樣的美麗，慢慢地揚起、散開、落下，然後巨大的聲響。

濺起的浪花，已經落在我船的甲板上，三艘船來得更近，它們的來勢，看來雖然緩慢，但是卻絲毫沒有停止的意思，愈壓愈近，到最後那三艘船，船上的徽飾，像是三面盾牌一樣，要將我活生生夾死。

我所期待的鬼船「透過」我的船，並沒有發生，相反地，我聽到一陣「軋軋」的聲響。

我的那艘船，像是被夾在三塊岩石頭中的雞蛋一樣，剎那之間，變成粉碎，在那最後的一刻，我只來得及慘叫一聲，就失去了知覺。在我失去知覺之前，好像曾有一個巨浪，打了過來，將我的全身，淋了個透濕，但是我已經不大記得起來了。

我不知是過了多久，才又有了知覺的，當我又有了知覺的一剎間，我聽到一陣嗡嗡的語聲，但是我卻聽不清那些人在講些什麼，我甚至還未曾睜開眼來，一陣異樣的恐懼，就震撼着我的全身，那真是難以形容的一種恐懼感，我彷彿又回到了海面之上，在深夜、濃霧之中，有三艘鬼船，向我撞過來。

我彷彿又看到了那三個船徽，那個怪笑着的人，我真正感到害怕，極度的害怕，我要躲起來，要躲起來！

我陡地覺得，有人在推我的肩頭，那使我立時尖叫了起來，也睜開了眼，我看到在我面前有許多人，但是我根本認不清那是些什麼人，我只覺得異樣的明亮，而我討厭明亮，我需要黑暗，黑暗可以供我躲藏！

我一面尖叫着，一面用力推開在我面前的一個人，然後，一躍而起，向前衝去，好像撞到了許多東西，也聽到不少人的呼叫聲，直到我的身子，撞在一個無法將之推動的硬物上。

我仍然找不到黑暗，可是我需要黑暗，我本能地用雙手遮住了眼，那樣，我總算又獲得了暫時的黑暗，但我仍然尖叫着，一面亂奔亂撞。

我覺出有許多東西在阻礙我，像是那三艘船上徽飾之中的怪物，已然復活了一樣，正用它們長長的、滑膩的、長滿了吸盤的觸鬚，在纏着我的身子。

我只知道，我需要拚命地掙扎，我要用我的每一分力量來掙扎，不能被他們纏住我，不能由他們將我拉到海底去，我無法在海水中生存，我是一個陸地上的人，他們是海水中的人！

我在掙扎期間，力道是如此之大，好幾次，我身上已十分輕鬆了，可是更大力量的羈絆，又隨之而來，我尖叫着、掙扎着，雙手緊掩着眼，直到突然之間，我又人事不省，昏了過去。

第七部

白素的日記

到這裏為止，要插上大段白素的日記。

為什麼忽然要插入白素的一段日記，各位看下去，就會明白的。日記一段一段地敘述着發生的事，每一段，是代表一天。自然，在日記中，第一人稱「我」，是白素。

他醒了！

我呆呆地看着他，心中想哭，真的想哭，可是，卻一點眼淚也流不出來，我悲痛得完全不能使自己身體的機能，聽我的指揮了。

他曾受過各種各樣的打擊，但是我從來也想不到，他竟會發瘋。

我不知道他因為什麼而發瘋，只知道在九天之前，他要我匯寄大量的錢——沒有說明用途。

我看到他的時候，已經是他進了那間瘋人院之後的第三天了。

他們——我指一艘舊式的貨船——是在大西洋海面上發現他的，當時，他抱着一大塊木板，在海洋上漂流，昏迷不醒，他們將他救起，但是他卻尖叫着襲擊船員，船員將他綁縛起來，打昏過去，送進了瘋人院。

幸而他身上的記事簿還在，所以才知道他的身分，但是沒有人知道他在海上遭遇到了什麼，他瘋得那麼厲害，醫生説完全沒有希望了，但是我不相信，他會有希望的，雖然他根本不認識我了，一個人連妻子都不認識了，他還會有希望嗎？

他仍然是那樣子，我真不忍心再去看他了，我只能在門口的小洞中窺視他，因為他見到了任何人，甚至見到了我，都一樣恐懼。

他為什麼害怕；真的，為什麼？他在怕什麼？

我看到他進食，他根本不像是一個人。這真是很殘酷的事，但是真的，他一手遮着眼，一手胡亂抓着食物向口中塞，天啊，為什麼這種事會發生，會發生在我丈夫的身上，為什麼？

今天，我才開始了第一次痛哭。

眼淚是在見到了一位摩亞先生，在他安慰我，要我勇敢一點，面對現實時湧出來的。好幾天欲哭無淚，而眼淚一旦湧出來之後，就再也收不住了。

我知道他曾和一個姓摩亞的紐西蘭船長見過一面，這位摩亞先生，是摩亞船長的父親，他向我說了許多話，全然是無法相信的。

然而，我卻知道摩亞先生的話是真的，他說，他兒子的情形，就像我丈夫目前的情形一樣，在海中，未知的恐怖事件，令他們發瘋，還有一個極其著名的專家，也因之自殺。

我雖然不信他的話，但是我無法不接受事實，他是瘋了，醫生說他因為過度的恐懼和刺激，以致如此。而摩亞先生則說，事情和鬼船，以及和一個在水中生活的人有關，他曾在海中的一艘沉船中，見過那個人。

我不知道該怎樣才好，誰能幫助我？誰能幫助我？

摩亞先生每天都來看我，他在紐西蘭有龐大的事業，但是他卻很關心衛。衛的情形毫無好轉，我哭了又哭，他一點也沒有好轉。

或許，我不該哭，應該做些什麼，至少，應該保持鎮定，衛的一生之中，曾遇到不少驚險絕倫的事，但這一次，似乎全然例外，他瘋了？

我是不是應該到那地方去看看呢？

我向摩亞先生提出了我昨天的想法，摩亞先生是一個直率的人，他一聽之後，就將我當作晚輩一樣地斥責了一頓，叫我放棄這種只有使事情更壞的念頭。

我並沒有反駁他，因為我和他對事情的看法不同。因為在他看來，事情還能更壞，但是在我看來，事情卻不能再壞了！

我想，應該是到了我有決定的時候了。

遠在印度建造水壩的哥哥，也聞訊趕來了，他說衛可能會認得他，我忍着淚帶他去見衛，衛見到他，全身發着抖，額上的青筋，幾乎要裂膚而出，我連忙將他拖了出來，將事實的經過講給他聽。

我本來是不想對他說那些事的，因為我知道哥哥的脾氣，他不知道還好，知道了之後，他根本不作任何考慮，就一定會去察看那三艘鬼船的。

果然，我才將事情講了一半，他就叫嚷了起來，等我講完，他表示一定要去。

我已經決定要去了，他或許還不知道我的決定，我也沒有對他說，但是我卻勸他不要去，因為實在是一件太過危險的事情，那是完全不可測的，連衛也成了瘋子，我實在不相信我的神經會比他更堅強。哥哥的情形也是一樣，我們兩個人若是一起去，最大的可能就是：世界上多了兩個瘋子！

但是，我可能犯了錯誤，因為我對哥哥說了一切，沒有什麼力量再可以阻止他的。我做錯了，還是做對了？

摩亞先生又嚴厲地申斥我，和哥哥吵了起來，哥哥罵他是懦夫，他回罵哥哥是只知衝動的匹夫，摩亞先生在我的印象中完全是一個極容易控制自己情緒和彬彬有禮的紳士，想不到他也會變得如此激動。

他自然是因為關心我們，所以才會那樣子的，可是，我已經決定了，哥哥也決定了，我到現在才發現，原來我們兄妹兩人的脾氣竟是那麼相同，任何事情，一經決定，就再難改變的了！

摩亞先生今天一早又來，今天我們已開始着手準備一切，但是最重要的是，我們需要資料，例如摩亞船長第一次發現鬼船的地點，「毛里人號」停泊的準確方位等，這些資料，不能在衛的身上得到，只有摩亞先生，才能供給我們。

但是摩亞先生卻堅決地拒絕了我們的要求，他的話說得很明白，他說他絕不能謀殺兩個人，尤其，其中一個是因為幫助他兒子而遭到了不幸的人的妻子。

哥哥又和他吵了起來，哥哥的脾氣，實在太暴躁了，但也難怪他發怒的，因為只有這一條路，可以救衛，就像當日，衛想用這個辦法去救摩亞船長一樣。

哥哥和摩亞先生愈吵愈大聲，摩亞先生竟然動了手，他先打出一拳，哥哥立時還手，一拳將摩亞先生打得跌出了六、七步，撞在牆上，又滾跌在地。

摩亞先生沒有昏過去，雖然他的頭撞在牆上，他撫着頭，搖搖晃晃地站了起來，可是他的神色，卻出奇地興奮，他先是望着我們兩人，然後道：「我沒有對你們說過我兒子臨死前的情形，是不是？」

我和哥哥互望了一眼，當時絕不知道他這樣說，是什麼意思。

而他不等我們明白過來，就對我們講起摩亞船長臨死前的情形來，原來摩亞船長在臨死前的半分鐘，神志竟是清醒的。

但是我們仍然不知道他那樣説是什麼用意。

摩亞先生道：「醫院已經用盡了一切的法子，可是有一樣未曾試過，那就是打擊他的頭部！」

哥哥直覺地叫了起來：「為了清醒半分鐘，你想他死去？」

摩亞先生痛苦地抽搐了一下：「我兒子頭部遭受打擊，是因為那護士要自衛，而我們可以作有限度的打擊，使他恢復正常！」

哥哥望着我，我緩緩吸了一口氣。

摩亞先生十分焦切地道：「至少，我們可以和醫生去商量一下！」

我和哥哥沒有説什麼。

醫生在辦公室中，足足踱了二十個圈，才停了下來，我、哥哥和摩亞先生三人一起望着他，這一刻，真是緊張之至，我真怕自醫生口中，説出一個「不」字來，那我們的希望又絕了一條。

醫生停了下來之後，托了托眼鏡：「有過這樣突然撞擊之後，完全恢復正常的記載，但是，卻沒有這樣的醫療方法！」

他講到這裏，頓了一頓，又道：「而且，這是一件十分困難的事，正常的人，腦部受了重擊，也會受傷，何況是他？你們有什麼法子，可以掌握力量恰好不使他受傷，而又能恢復正常？」

哥哥立時嚷道：「我們沒有方法，可是你有什麼方法可以使他恢復正常？」

醫生緩緩地搖了搖頭：「我沒有。」

哥哥道：「那就讓我們試試！」

醫生的回答是道：「在醫院中，責任上不許你們那樣做，但是在醫院之外，我就不負任何責任！」

他的話說得很明白，只要搬出醫院，他就任得我們怎樣做。

摩亞先生和哥哥，幾乎是同時作出決定，他們異口同聲地道：「好，我們將他搬離醫院！」

要將衛搬離醫院，真不是一件容易的事，起先我們想將他扶走，可是他見到人，立時掙扎，他的氣力之大，五、六個男護士，給他打得七零八落，最後，還是哥哥抓住了他的雙手，由醫生替他注射鎮靜劑。

可是，就在醫生走到他面前的時候，他抬腳踢倒了醫生，向前衝出去。

他衝出了房門，整個醫院沸騰起來，他在走廊中亂衝亂撞，我和哥哥一起追出去，他已疾奔出了醫院的大門，攔阻他的人，全被他擊倒。

哥哥在他的身後，拚命追着，終於飛身將他撲倒在地，那時，已經出了花園了。

當哥哥和他，一起倒下去的時候，任何人都可以聽到那「咚」地一下響，那是衛的頭，撞在路面石板上所發出來的聲響。

我正向前奔去，聽到那一下聲響，雙腳一軟，就跌了一交，因為我感到這一下，撞得那麼重，他的頭骨一定被撞碎了！

我伏在地上喘氣，哥哥站了起來，衛倒在地上不動，然後，我看到他慢慢睜開眼來，他看到了我，他叫道：「素！」

天，他認得我了，他在叫我的名字，我一生之中，最快樂、最激動的就是那一剎了，雖然他以前，千百次叫過我。

我竟不知回答，只是哭了起來。

第八部

大規模探索失敗

白素的日記引到這裏為止。為什麼要用白素的日記，現在已很明白了，因為在那十幾天中，我是在瘋人院中的一個瘋子，根本不能想，不能作任何有條理的思考，只知道害怕、尖叫、掙扎！

當我第一眼看到白素的時候，我心中還是茫然一片，根本不知道曾發生什麼事，但是我一眼就認出了白素來，她伏在地上，流着淚，我隨即發現，我也倒在地上，許多穿白色衣服的人，正在奔過來，我不知道那是怎麼一回事，我轉過身，看到白奇偉站在我的面前，他是白素的哥哥，我們已好幾年沒有見面了，接着，我又看到喘着氣的摩亞先生。

我又叫道：「素！」

可是白素只是哭着，淚水像泉水一樣湧出來，不可遏止，我站了起來，白奇偉扶起了他的妹妹，所有人將我圍住，我望着他們，又望了我自己，再抬頭看了看眼前的一幢建築物和它門口的招牌！

突然之間，我明白了，我打了一個寒顫：「我……我是一個瘋子？曾是一個瘋子？」

白奇偉發出了一下呼叫聲，在那時，我也很難辨認得出他這一下呼叫聲是什麼意思，究竟是高興呢還是吃驚。接着，他奔了過來，拉住了我的手臂，將我扶直。

他是一個十分壯健的人，我感到他的手指，緊緊地抓住我的手臂，像是怕我逃走一樣，同時，他不由自主地喘着氣，道：「你，你——」

他一連說了兩個「你」字，下面的話，卻說不出口來，我用手按住了他的手臂，道：「白奇偉，是不是我曾經發瘋，現在突然好了？」

白奇偉激動得講不出話來，只是點着頭。

我連忙推開了他，向白素奔了過去，白素也已掙扎着站了起來，我一奔到她的身前，她立時向我撲過來，緊緊地擁住了我，她仍在不住流淚，我胸前的白衣服，立時濕了一大片。

我想，當時的情景，一定相當動人，因為圍在我們周圍的那些人，神情大都很激動，有幾位女士，甚至忍不住在啜泣。

我輕拍着白素的臂，道：「好了，就算我曾經發瘋，事情也已完全過去了！」

白素仍然緊靠着我，她淚痕滿面地抬頭望着我，唉，直到這時，我才發現，剛才我一眼就認出她來，實在不是一件容易的事，因為她變得如此憔悴，如此清瘦。

她斷斷續續地道：「現在，我不因為難過而流淚，我是高興，太高興了！」

白奇偉也走了過來：「她是最勇敢的女人，在你發瘋的時候，勇敢地面對事實，現在讓她高興一下吧！」

我雖然已對周圍的事物，完全有了認識，但是腦中仍脹得厲害，一片渾噩，甚至無法想起，我何以會成為瘋子的，大約我的臉色也不很好看，是以兩位醫生立時走了過來，一個滿頭銀髮的老醫生道：「謝天謝地，這是神的奇迹，你需要安靜的休息和詳細的檢查！」

我當時的反應，是點了點頭，的確，我感到極度的疲倦，需要休息。

我在這家精神病院中，又休息了七天之久。

事實上，在第二天，我便已完全恢復了正常，而且，將一切經過的事，全記了起來，當然，對我發瘋之後，曾發生過一些什麼事，我是一無所知的，但是，在白素和白奇偉兩人的敘述中，我也可以知道，那一段時間中，我和摩亞船長，完全一樣。

摩亞先生是第二天，當我完全清醒之後就走的，他走的時候，緊握住我的手，十分激動，我也很感謝他對我的關懷，在他對我說了「再見」之後，隔了片刻，他又道：「請聽我的話，一切全讓它過去了，千萬別再去冒險，那對你們全沒有好處！」

我完全知道他的忠告是出自心底的，摩亞船長不幸死亡的慘痛教訓，在他的心底，烙下了一個難忘的傷痕，他絕不希望我們之中，再有人發生悲劇。

但是當時，我卻沒有給他明確的保證，我只是含糊地說了幾句不相干的話，他嘆了幾口氣，走了。

醫生輪流替我作各種檢查，來了好幾個權威的精神病學家，他們檢查的結果，一致確定我已完全恢復正常，完全是因為腦神經受了適當的震盪之故。

那「適當的震盪」，就在我自醫院的大門口跌下石階時發生。

要腦神經發生震盪，是很容易的事，問題就是在於「適當的震盪」。「適度」與否，是完全無法由人力去控制的，我之能夠突然復原，完全是極其偶然的機會，大約在同類的精神病患者之中，只是萬分之一的機會而已，這就不能不歸諸天意了，所以，當我復原的一剎間，那位銀頭髮的醫生，稱之為「神施展的奇迹」了。

一星期後，我離開了精神病院，白奇偉已在近海的地方，租下了一幢美麗又幽靜的房子。

白素知道她哥哥和我兩人，決不肯就此干休的，可是她也料不到，他竟會如此大張旗鼓地來對付這件事，而我是早料到了的。

我了解白奇偉這個人，任何事，他不做則已；要做，一定弄得愈大愈好。像這件事，交給我來處理，我至多請幾個友好，再去組織一支探險隊而已。

但是白奇偉的做法，卻驚人得很，他先在一份專報道神秘事物的暢銷雜誌之中，將這件事情的始末，詳詳細細地報道出來，然後，公開徵求志願探險者，鼓勵他們，一起參加尋找「在水中生活了幾百年的人」和「隨時出沒的鬼船」。

他在文章中，提出了種種證據，證明我的遭遇，完全是實在的經歷。

他那篇文章發表之後，電話、電報和信件，自全世界各地湧了過來。他租的那幢房子，本來是極其幽靜的，可是在不到一個月的時間內，不但房子的每一間房間，連地板上都睡滿了人。房子附近，還搭起了許多帳幕和臨時房屋，人從四面八方湧來。白奇偉挑選探險隊員的限制很嚴，又足足忙了一個月，揀了又揀，還有一百三十四人，無論從哪一方面來看，都有足夠資格成為這次探險的成員的。所謂「資格」是包括自願支付這次探險的一切費用在內，或者能供給船隻、直升機，以及各種器材。

白奇偉的生意頭腦，的確無人可及，他利用了人的好奇心，只不過花了一個半月的時間，就組織成了一支設備齊全、人才鼎盛、世無前例的浩大探險隊。

這支探險隊在出發之際，真是浩浩蕩蕩，壯觀之極，我和白素自然隨行。

而當白奇偉組織探險隊的消息傳開去之後，摩亞先生顯然也想不到他會有此一着，是以在了解詳情之後，也表示支持，而將一切資料全部寄了來。

要詳細描述這支探險隊的成員，以及出海後發生的種種事情，那是不可能的，因為人實在太多了，但是這支探險隊，工作了二十天之後，其結果只用兩個字，就可以講完，那便是：「失望」。

探險前後的工作日是二十天，但事實上，從第十天開始，隊員已自行陸續離去，到第十五天，剩下的還不到二分之一，到十八天，只剩下三個人了。

那三個人是我、白奇偉和白素。

到了探險隊只剩下我們三個人的時候，我們所有的設備，不過是一條船而已。

所有人陸續離去的原因是我們毫無發現。

在這二十天中間，也有好幾天，海上是大霧迷漫的，很多人都犧牲睡眠，在大霧之中，等待「鬼船」的出現，然而，除了霧之外，什麼也沒有，不但未曾見到船，也聽不到任何聲響。

水。

在二十天中，每一個隊員，平均都有十次以上的潛水紀錄，我也多次下水。

但是，海底平靜得出奇，除了海底應有的東西之外，什麼也沒有，細沙上沒有沉船，更不用說是那個在海底生活、揮動鐵鎚的人了。

地點是對的，我甚至可以辨認出看到那艘船時海底附近的岩石來，但是，卻沒有那艘船。

幸而，白奇偉在徵求隊員的時候，曾預先聲明，他只不過指出有這樣一件事，是不是有結果，他是不負責任的，所以，陸續離去的隊員，倒也沒有埋怨他，不過在見到我的時候，那種難看的面色，就不用提了！

而白奇偉事實上也惹下了不少麻煩，在我們也回去之後，警方足足對他調查了一個月之久，為要調查他這次行動，有沒有欺詐的成分在內。幸而後來結論是沒有什麼，但白奇偉也已經夠麻煩的了！

這是以後的事了，當大海之上，只剩下我們三人的時候，我們三個在船艙中，也已準備回去了。在一小時之後，我和白勇還不死心，又下了一次水，但仍然沒有任何發現。

回到艙中，換好了衣服，白勇大口地喝着酒：「現在沒有話好說了，我看，一切可能完全是幻覺。」

我冷冷地道：「將一切歸諸幻覺，這是最簡單的辦法！」

白奇偉攤了攤手：「那麼——」

我立時打斷了他的話頭：「別向我問問題，我什麼都答不上來，但是有一點，卻是我能夠絕對肯定的，那就是：我曾經經歷的一切，決非幻覺。」

白素道：「好了，不必爭了，我們現在怎麼樣，是回去？還是繼續？」

我在那一剎間，只感到無比的沮喪：「當然回去，還等什麼？」

白素也嘆了一聲，我們沒有再說什麼，就啟程回去，當我們到達岸邊之際，還有不少記者在等我們。白勇去見記者，他張着手臂，大聲道：「我們失敗了，失敗者，是無可奉告的！」

他總算憑着一句話而將記者支走了，而我們也立時離開。白奇偉回印度去，我和白素，一起回家。

在歸家途中，白素盡量不和我提起這件事來，我也不說，因為，實在沒有什麼可說的了。我一千遍，一萬遍，回想我當時的經歷，無論如何，那不是幻覺，這是我可以肯定的事！

但是，大規模的搜索，結果既然是如此，還有什麼可說的呢？

回家之後，在我身上發生的事，由於十分轟動之故，是以有不少人來向我問長問短，漸漸地這些經歷，變成我最不願提起的事。有幾個不識趣的人，好像一定要問出一個道理來，我甚至和他們反了臉。

又過了幾個月，我當然沒有忘記那些經歷，因為那是我一生之中，最最難忘的經歷，但是，向我提起的人，卻少得多了。

如果不是那天晚上，我參加了那個宴會的話，那麼，這些經歷就可能和世界上其他許多古怪而不可思議的事一樣，永遠不了了之。

但是，卻有了那樣的一個宴會。

宴會是在一個英國朋友的家中舉行的，參加的人大約有二十個，全是外交人員，或是外國的商務代表，我之所以會參加這個宴會，是因為在會後有一項節目，是請人來發表關於「外來人」的問題。所謂「外來人」，就是地球之外，其他星球人到達地球的問題。我被邀請，作為主要發言人和解答各種問題，由於我堅信其他星球上，有着具有高度智慧的高級生物。

宴會也沒有什麼可以描寫的，每一個人都彬彬有禮。事實上，女賓的華美衣服和男賓漿得發硬的襯衣領，也使人無法不彬彬有禮。

等到最後的一個節目，在愉快的氣氛中結束，大家告辭的時候，我和一個個子很高，有着一頭黑髮、兩道濃眉和一雙十分精明的眼睛的年輕人，在門口等待的時候，他道：「衛先生，我想對你說幾句話！」

當時，我很尷尬，自然，主人曾逐個介紹所有的來賓，但是我當然無法記得他們每一個人的名字，我只好道：「好，閣下有什麼指教？」

那年輕人諒解地笑了笑：「我叫雲林，雲林狄加度，自西班牙來。」

在他未曾說出「自西班牙來」之前，我對他這個名字，還起不了絲毫的印象。

第九部

隱蔽的歷史秘密

可是，一聽得他來自西班牙之後，「狄加度」這個姓氏，卻像是針一樣地在我的心中刺了一下，一時之間，我張大了口，一句話也說不出來。狄加度又道：「本來，我很久就想來找你的了，但是我總覺得這件事很無稽，甚至連開口說也難，但今天既然遇上了，我覺得無論如何該說一說。」

我點着頭：「我想，你想對我說的是，關於我在大西洋的那段經歷？」

狄加度道：「是的，衛先生，我詳細讀過白先生寫的那篇文章，他文章中提及你和一位摩亞船長，都曾見到過鬼船的船徽，狄加度家族的徽飾。」

我吸了一口氣。

狄加度望了我一眼，才又道：「我是這個古老凋零的家族的唯一傳人。」

我們一面說，一面向前走着，已經來到了我的車旁，我道：「在我家中，還有更多的有關狄加度家族的資料，你可有興趣去看一看？」

狄加度搖着頭：「對於狄加度家族，世界上沒有人比我更清楚他的興衰，我想請你到我的住所去，我還有一點東西給你看。」

我的好奇心，在那一剎間熊熊燃燒了起來，我在研究狄加度家族的歷史之際，就有一個很奇怪的感覺：這個曾在西班牙航海史上，顯赫一時的一個航海世家，像是突然在歷史上被抹煞了一樣，只有極小量的歷史書籍之中，提到一兩次。

但是，即使是那僅有的一兩次，也全是含糊其詞，完全看不出他是為什麼會衰敗下去的。當時我就感到這其間，一定有着極大的隱秘。

類似這種晦澀難解的歷史隱秘，在中國歷史上也多的是，根本的真相如何，已經完全無法查考了。但是現在，狄加度家族，還有唯一的傳人在世，他是不是可以提供我有關這個家族的資料呢？

老實說，在我想到這一點的時候，我還根本沒有將狄加度家族，和我在海底的奇異經歷聯繫起來，但是那三艘「鬼船」上既然有着狄加度家族的徽飾，這事當然使我感到興趣。

所以，我忙道：「如果不是太打擾你的話，我當然願意去！」

狄加度微笑着：「我等這個時刻很久了，請你跟着我的車子。」

他到了他自己的車前，發動了車子，向前駛去，我駕着車跟在後面。

二十分鐘後，車駛進了一條十分幽靜的道路，在一幢小巧精緻的房子前，停了下來。我們下了車，狄加度用鑰匙打開了門道：「我一個人住，我因一個文化交流計劃而來，快回國了！」

我和他一起走了進去，雖然這房子只是他暫住的地方，但是也佈置得十分精緻，他將我直帶到了書房之中，然後我們一起寬了外衣。

他一面打開一隻櫃，一面道：「有一些東西，不論我到何處去，我總是帶在身邊的，因為這是我們家族唯一保存的紀錄了。我們的家族，曾有着輝煌的作戰紀錄，但是後來，卻被視為國家的叛徒，蒙受着極度的恥辱，歷史上已將這個家族的一切抹去了！」

我點頭道：「是的，我在查考有關狄加度家族的歷史時，就找不到任何資料。」

狄加度打開櫃子之後，取出了一隻箱子來，箱子是金屬的，但看來一片黝黑，顯然年代久遠。箱子不很大。

他又打開了箱子，我看到，箱蓋上，兩個金屬環，扣着一串鑰匙。

那些鑰匙，全是形式很古老的那種，現在，早就沒有人使用這種鎖了。

而在箱中，則是一疊紙，他拿起一張來，道：「你看看這座古堡。」

我看到了這座古堡，古堡是用炭筆繪在羊皮紙上的，紙已經發黃了，有不少地方，已經破損。古堡建造在一個懸崖上，懸崖下面是海。

古堡畫得十分傳神，似乎在畫上，也可以體會到古堡中的一股陰森之氣。

狄加度小心地將紙撫平，道：「這座古堡，是狄加度家族全盛時期建造的。」

我望着他：「古堡現在還在麼？」

狄加度點了點頭：「還在！」

他又伸手拍着那串鑰匙，道：「這就是古堡中的鑰匙，全部用來開放古堡的各個部分的，而這座古堡，現在是我的產業！」

我向他望了一眼，他立時道：「你不要以為我擁有一座古堡，就很富有；事實上，如果不是基於我對於家族的感情，我早就放棄它了。你知道，保持一座古堡整齊清潔，得花多少維修費？那會使得我破產，所以事實上，自從它的主人突然不回來之後，根本就沒有人進過這座古堡，只是讓它鎖着。」

我皺着眉：「你也未曾進去過？」

狄加度道：「我進去過一次，但只打開了大門，就退了出來，因為裏面實在已破敗得無法使人踏足其間了。」

我「嗯」地一聲：「那麼，你現在讓我看過這幅畫，有什麼用意呢？」

狄加度略頓了一頓，已取出了一疊紙來，將之攤開，那三張羊皮紙上，畫的是三艘船。

一看到了那三艘船，我心頭便狂跳了起來。

這三艘船之上，各有着我所熟悉的那種徽飾，而且，這三艘船的樣子，我也絕不陌生，這就是我見到過的那三艘船，在一個濃霧之夜，它們曾向我的船撞來，撞沉了我的船！

我的呼吸，在不由自主之間，變得十分急促，雲林狄加度望着我，道：「衛先生，我相信你看到的，就是這三艘船！」

我發出了一下如同呻吟也似的聲音，指着其中的一艘船：「這艘，在海底，我曾經過它的舷，進入它空無所有的船艙之中，我還在這艘船上，見過——」

我講到這裏，沒有再講下去，突然停了口，因為狄加度既然知道了整件事的經過，自然知道我在沉船中見到了什麼，根本不必再說什麼。

狄加度點了點頭：「這三艘船，是當時最好的三艘船，是我的一位祖先，親自監造的，他的名字是維司，維司狄加度。」

我深深地吸了一口氣，狄加度又道：「等一會，我會給你看一些記載，我的這位祖先，是一個怪異到極點的人。船造成之後，就是他帶船出海的，從此之後，他就沒有再回來過。從他起，我們的家族，就被視為國家的叛徒，表面上的原因，是他欺騙了王室，帶走了王室的許多珍寶，但是我相信另有原因。」

我皺着眉，這些，我是沒有興趣的，因為我並不是考查歷史的人。

但就在這時，狄加度望着我：「現在，我要請你鎮定一些。」

我揚了揚眉：「為什麼？」

狄加度又從箱中取出一張紙來，但是卻並不立時打開，用手按着。

然後，他又望定了我：「這是一張畫像，畫中人，就是我那怪異的祖先，這三艘船的督造人，維司狄加度將軍。」

一聽得他那樣說，我不由自主，緊張了起來，心也跳得很厲害。

狄加度仍然不展開紙來，只是道：「我不過想求證一下，我知道那是沒有什麼可能的，那是我要你看一看他的樣子，他——」

狄加度講到這裏，展開了那張紙。

而當我一看到紙上所畫的那個人時，我發出了一下極其刺耳的驚呼聲。

這一下驚呼聲，實在是無法控制的，陡地自我的口中衝了出來，而接着，我便感到了一陣昏眩，身子搖搖欲倒，狄加度連忙扶住了我，而我立時偏過頭去，不願意再看那幅畫，同時急速地喘着氣。

那個維司狄加度，就是我在海底見過的那個揮動着鐵鎚，向我頭上襲擊的那個人，也就是當三艘船一起在濃霧中向我撞來，在其中一艘船的船頭之上，發出淒厲笑聲的那個人！

這其實是不可能的，但是我可以肯定，就是他！

我在剎那間，感到自己十分虛弱，喘着氣：「請你收起這幅畫來。」

狄加度道：「你不要再看得仔細些？」

我尖聲叫道：「不用，我一看就知道他是什麼人，他就是那個人！」

狄加度道：「是你在沉船中見到的那個？」

我推開了狄加度，向前走了兩步，竭力使自己鎮定下來，直到我已完全恢復平靜，我才道：「是的，就是他，一點也不錯，是他！」

狄加度在我對面坐了下來：「你是說，你見過他的幽靈！」

我呆了一呆，才苦笑了一下：「先生，不是幽靈，我確確實實見過他，並且還和這個人，在水中搏鬥過！不是幽靈！」

狄加度吸了一口氣：「他是一六一四年出生的。」

我知道狄加度這樣說的意思，他只說他是一六一四年出生的，而不說他是什麼時候死的，自然，他是尊重我剛才的話。

然而，那也明顯地表示他不同意我的話，人的壽命的極限，似乎無法打破兩百年，而一六一四年至現在，有三百幾十年了！

我所發出的聲音，像是在呻吟一聲：「不論他是哪一年出世的，但是我的的確確見過他，他用鐵鎚襲擊我，他幾乎將我打死。後來，他又指揮着三艘船撞我，將我的船撞沉，令我發瘋！」

我不住地喘着氣，我已經無法再說下去了，我有強烈的預感，我可能再度陷於瘋狂！

可能當時我的神情和臉色十分可怕，是以狄加度忙給了我一杯酒，我一口就吞了下去。

狄加度將一切放進了箱子，又合上了箱蓋，等我稍為鎮定了一些，他才道：「真對不起！」

他看來是不想再提這件事了，但是，在他說了「真對不起」之後，他終於又忍不住，加了一句：「在我家族的記載中，曾說明他是一個脾氣十分暴烈的人，而且，他曾親手打死過船員。」

我沒有說什麼，狄加度又道：「真對不起，我令得你的情緒如此激動，本來我想有一個提議的，但是現在，我看算了！」

我苦笑了起來：「本來你有什麼提議？可是再一次到海底去？」

狄加度搖着頭：「不，再去也沒有用，你們不是去過了麼？什麼也沒有發現，所有的人，都認為那是你的幻覺，是不是？」

我苦笑着：「幻覺？我怎能在幻覺中，看到一個事實上真的存在過的人？在此以前，我從來也未曾見過這個人，但是剛才我一眼就認出了他來！」

狄加度道：「如果不是你的幻覺——我們可以肯定不是你的幻覺，那麼，就必須假定另一點了！」

我軟弱地道：「是的，那就必須肯定，這位老狄加度先生，還活着，而且可以自由在海底生活，他和他的船，都還在！」

我一口氣講到這裏，才急速地喘了一口氣，又道：「然而，有這個可能麼？」

狄加度來回踱着，道：「如你有興趣，我還可以告訴你一些事實，他生前脾氣壞極，而且生活過得十分神秘。有一個時期，他獨自一個人住在那古堡中，不許任何人接近，也不要任何人侍候。」

我望着狄加度，一時之間，難以明白狄加度告訴我這些，有什麼用意。

狄加度道：「我猜想，他在那一段時期中，一定是在古堡之中，從事一種極其秘密的工作，雖然後來人說，他那時候，就是在密謀叛變，但是我相信不是！」

我道：「那麼你認為他在作什麼？」

狄加度攤開了手：「不知道，這就是我本來的主意，我是想——」

他講到這裏，我陡地揮了揮手，打斷了他的話頭：「等一等，你說，自從他出海未歸之前，肯定從沒有人再進過古堡？」

狄加度眨着眼，點着頭。

我又道：「那就是說，在三百年以後，那古堡都還保持着原來的狀況？」

狄加度又點着頭。

我吸了一口氣：「我明白了，你是想到那古堡中去探索一下，如果有什麼東西留下來的話，我們就可以知道他曾在古堡中做過什麼了！」

狄加度顯得很興奮：「不錯，這就是我本來的主意，我打算請你一起去！」

我站了起來，但立時又坐下，過了半晌，我才道：「在古堡中，只不過能發現他過去的生活情形，對於我在海底所遇到的事，是不會有什麼幫助的。」

狄加度搖着頭道：「不然，你在海底遇到過他，現在無法再找到他，何以他能在隔了三百年之後，又被人在海底見到？這一點，我相信可以在他過去的生活情形中，獲得一定的資料！」

我又考慮了半晌，才道：「狄加度先生，在這件事中，已先後有幾個人，遭到了不幸，我自己如果不是由於百分之一百的運氣，現在還在瘋人院裏。你有什麼真正特別的原因，要去研究這件事？」

狄加度道：「為了弄清我家族中最突出的一個人物的歷史，就足夠使我那麼做了！」

我望了他片刻，他又道：「一星期之後，你不去，我一個人也要去，你可以有足夠的時間考慮！」

我用手撫着臉：「我和你一起去，但是，不必再邀別人了！」

狄加度道：「當然，而且，也絕不公開！」

狄加度很興奮，又和我乾杯，然後，我勉力鎮定，又要求他將箱中的資料取出來，一起研究。

當晚，我們一起研究那些資料，幾乎一直到天亮。接下來的幾天中，每天我都和他在一起。

經過了幾天的研究，發現了好幾個值得注意的地方。

第一：那三艘船在建造期間，由老狄加度親自負責監工，但是卻極其神秘，除了參加工作的人外，任何人都不能參觀，甚至拒絕了皇帝的特使。為了這件事，引起當時的一場政治風暴，當時便有人指摘維司狄加度將軍，對皇帝不敬，可是總算平息了下去。

第二：在那三艘船建造期間，所有的工匠，全是分開來工作的，而且，嚴禁互通消息，有幾個違例的工匠，當場被處死。

第三：這三艘船的建造費用，極其驚人，用當時的幣值來計算，至少可以造三十條同樣的船，也就是說，超出了通常的價值十倍以上。這件事，也曾引起大風浪，奇怪的是，皇帝卻容忍了這件事。

第四：這三艘船，只有外表的形狀留下來，內部的情形如何，別說是現在，就是在當時，也沒有人知道，只有一個木匠，事後對人說起來過，這三艘船的木料，非但是最好的，而且皆經過特殊的防腐液的處理，而這個木匠不久便失了蹤。

綜合以上的四點看來，當時，維司狄加度將軍，一定擔任着一項極其怪異的任務，而在這三艘船上，一定也有着不可告人的、重大的秘密。

而且，知道這種秘密的說不定不止是維司狄加度將軍一個人，至少，他和當時的西班牙皇帝之間有着默契，要不然，老狄加度花了那麼多錢，皇帝決不會容忍他那麼做的。

然而，如果說，這三艘船，直到現在，還在海面上航行，隨時出沒，那是無法令人相信的，可是我卻的確見過它們，不但見過，而且，它們還撞碎了我的船！

而且，我曾經進入過其中的一艘，我還可以記得船中的情形，那絕不像是在海中沉沒了幾百年的船！這些，全是我一輩子也不會忘記的事！

我們肯定了當年，老狄加度——維司狄加度將軍，一定曾從事過一件極其詭秘的工作，而這件工作和那三艘船又是有關係的之後，對於到那座古堡中探索的興趣，也自然地提高了。

白素堅持要與我同行，因為上一次，我一個人單獨行動，結果發生了如此可怕的事，我幾乎要在瘋人院中度過一生！

但是我卻說服了她，告訴她這一次，不會有什麼意外，在那座古堡中，不會有什麼危險發生的，我們所要做的事，連兩個少年人也可以當得了，我們要做的，不過是用鑰匙逐間去打開古堡中房間的門，檢查一下房間中的東西而已。

當我對白素那樣講的時候，我心中的確是這樣想的，倒並不是存心哄騙白素，至於以後事情的發展，絕不如我起初想像的那樣簡單，那只好說是非始料所及，連我自己也想不到的罷了。

我和狄加度，一起到了西班牙，狄加度在西班牙有相當高的社會地位，開始兩天，我跟着他一起，參加了不少社會酬酢，那是相當無聊的事，也不必記載，第二天晚上，我們才開始了長途旅行。

旅行的方式是駕車，我和狄加度輪流駕駛，在路上，度過了將近四十小時，在到達那座古堡之前時，正在中午時分，陽光普照。

站在那座古堡之前，可以看到懸崖下的海，海水拍在巖石上，發出聽來很空洞的聲響和濺起老高的水花來，當年之所以選擇這樣的一個地方來建造古堡，我想和老狄加度對海洋有一股狂熱，是有關係的。

至於那座古堡本身，比我想像更來得殘舊，它是用相當大的石塊砌成的，這或許是它能夠支持了數百年而不倒的原因，只不過，整座古堡，都在籐蔓遮蓋之下，在一半枯黃的籐蔓下，古堡看來更加殘舊，就像是童話世界中巫師所居住的一樣。

當我抬頭，仔細打量這座古堡之際，我好像感到那些窗口，隨時會打開，有一群烏鴉會衝出來，而在烏鴉之後，則跟着一個坐在掃帚柄上的女巫。

我將我的感覺說給狄加度聽，但是狄加度卻完全不欣賞我的想像，他也沒有什麼幽默感，他道：「我不認為我的家族，會和巫術發生任何關係！」

我本來想說，我也不想說狄加度家族和巫術有關係，但是我卻沒有說出口來，因為我發現，狄加度對他的家族的聲譽十分重視，只怕我愈是解釋，愈是要引起他的誤會和不快。我們兩人站在車前，打量着古堡，離鐵門約有十多碼，看了一會，我們一起向鐵門走去，狄加度喟嘆道：「比我上次來的時候，又舊得多了，我上次來了之後，曾想召工匠來修葺的——」

他講到這裏，沒有再講下去，只是苦笑了一下。

我自然知道他是為什麼不講下去，因為這樣的古堡，如果要將之修葺得煥然一新，所需要的費用只怕會令得很多一流富豪破產！

我們來到了鐵門前，鐵門上，有着巨大的狄加度家族的徽飾，但是金屬已經鏽腐不堪，鐵門的鐵枝更鏽得厲害，手指隨便碰上去，就會有一大片鐵鏽隨之落下來。鐵門上，有着巨大的鎖孔，狄加度將一柄鑰匙塞進鎖孔之中，不少鐵鏽落了下來。鑰匙根本沒有法子轉動，狄加度苦笑了一下，用力一推，就推斷了幾根鐵枝，我也用力扳着，不一會，一扇鐵門，就整個倒了下來。我們回到車中，駕着車，駛過了鐵門，鐵門內，是一片很大的空地。

空地上，還有許多殘破的石像和一個早已乾了、全是枯葉的池。池中心，是一座石頭刻成的海怪像，自然也已殘破不堪了。

草地上長滿了草，汽車在根本已辨認不出何處是路的草地上駛過去。草被汽車的輪胎壓着，發出異樣的聲響來。車子停在古堡的大門之前。

第十部

古堡

古堡的大門是橡木的，看來倒還像樣，大門前的石階上，也全被野草所侵佔，我們走上石階時，褲腳上已經被不少有刺的草種子附在上面。

來到了門前，狄加度用力推了推門，立時後退，一大陣塵屑落了下來，在這樣的情形下，雖然是陽光普照的白天，都不禁令人感到一股寒意。

我們在塵屑落過之後，再度來到大門前，狄加度在那一大串鑰匙中，撿到了大門口的那一柄，插了進去，用力扭動着。

木門上的鎖，居然並沒有鏽壞，在扭動之後，發出了「格」地一聲響，狄加度忙道：「準備！」

一時之間，我還不知道他叫我「準備」，究竟是什麼意思，我只是看到他一手遮着頭，一手推開了門。

大門是在一陣難聽之極的「吱格」聲中被推開來的，門才被推開一尺許，一陣極其難聞、形容不來的氣味就撲鼻而來——或者說，是迎面撲了過來。那種氣味，竟像是一股有形力量一樣，將我和狄加度兩人，撞得不由自主，後退了一步。

那種氣味，我實在沒有法子形容，但是就感覺上而言，稱之為「死亡的氣味」，倒是很合適的！

狄加度在後退了一步之後，又一腳踢在木門上，門又被踢開了一些。

就在那時，我看到了裏面，宏偉的大堂的奇景，只見上面，有數以千計的蝙蝠，想是因為突如其來的光亮，而受到了驚嚇，一起飛了起來，撲着翅，亂撲亂撲，而隨着上千蝙蝠的撲動，塵屑像是大雪一樣，向下落了下來。

我一見這等情形，就吃了一驚，立時道：「不能進去，裏面蝙蝠太多了！」

狄加度搖着頭：「上次我來的時候，也曾試過，想將蝙蝠全驅出來，但是結果，卻無法做到這一點，我們只好這樣進去！」

我仍然在猶豫着：「蝙蝠會傳染瘋犬症，甚至於不必和蝙蝠碰到，光是呼吸到蝙蝠聚居的空氣，也會有不測！」

狄加度連連點頭：「我知道，但是我上次來過，後來沒有意外。」

我早不知道這古堡裏面有那麼多蝙蝠，如果知道，至少可以帶一些預防的東西來，但現在，我們只好除了外衣，包在頭上，只露出眼睛，慢慢向前走着。

我們一走進了大廳，立時將大門關上，大廳中立時暗了下來，上千蝙蝠，也漸漸安定了下來。

我們一直來到大廳的中心，那大廳有六條巨大的柱，正中是一具極其高大的人像，一隻腳踏在一艘半沉的船上，另一手，持着劍。

這座人像，可能是狄加度家族中的一位英雄，也有可能，是維司狄加度本人，已經無法深究，因為人像的身上，全是蝙蝠糞，根本無法看得清他的面目。

在人像之後，是兩扇門，兩旁，則是樓梯。

狄加度道：「這座古堡，並沒有內部的圖樣留下來！」

我道：「你上次來的時候——」

狄加度搖了搖頭：「上次，我只來到現在所站的地方，看看情形不對，又退出去了！」

我並不怪狄加度沒有探險的精神，因為任何人在進入了這座古堡的大堂之後，如果不是有什麼獨特的目的，看到了這種情形，是一定會退出去的。

但是現在，我們卻是有特殊的目的而來的，當然不會退出去，我打量四面的情形：「一般來說，大堂後面的房間，是主人的書房，我們可以先從那裏開始。」

狄加度同意我的話，我們一起繞過了那人像，來到了那兩扇門前。

本來，在石像和門之間，還有一道絲絨簾帷的，但現在只不過在積塵之下有好些碎片而已。看到了那些碎片，我苦笑道：「看來，我們的危機，還不單是蝙蝠，我敢斷定，在這古堡之中，至少有一萬頭以上的老鼠！」

狄加度沒有出聲，只是低着頭，揀着鑰匙。

光線十分黑暗，只有高處的幾扇窗中，有光透過來，那些窗子，本來倒也足以提供充分光線的，但是外面有籐蔓遮隔，而裏面有積塵，變得光線僅堪辨別人形了。

狄加度終於找到了鑰匙，不一會就已經旋轉鑰匙，門是向兩旁移的，他移開了一邊，門內很黑，但是看樣子，不像有蝙蝠。

我們甚至連電筒也沒有帶來，我和他走了進去，為了不驚動在大堂中的蝙蝠，我們又將門移上，然後摸索着，向前走去。

我在一張桌子上摸了一下，狄加度取出了打火機，打着了火。

在打火機微弱光芒的照映下，我看到了厚厚的窗簾，走過去，想將窗簾拉開來，誰知道我才一伸手，一整幅窗簾，一起落了下來，罩在我的頭上。剎那之間，我像是進了地獄一樣，在毫無防備的情形之下，大蓬積塵向我的鼻中、口中、眼中一起襲了進來。

我大力地嗆咳起來，雙手亂撕着，那情形，倒和在海中潛水，忽然被海蛇纏住了一樣。

我加上狄加度幫着我的忙，足足忙了兩分鐘，才算將窗簾撕了下來，窗簾已經舊到了隨手破裂的地步，我又有好幾分鐘，什麼也看不見，只是流着淚。

等到我寧靜下來，喘着氣，狄加度拍着我的背：「在封閉了數百年的古堡之中，幾乎每一處都是陷阱，我們要小心些！」

我才吃過苦頭，聽得他那樣警告，實在有點啼笑皆非，雖然我已吐了幾十口口水，但是仍然覺得口中，全是灰塵，狼狽之極。

我苦笑了一下：「算了，開始工作吧！」

窗簾落下，窗中有光線透進來，但是也只不過是僅堪辨物的程度。

我看到那是一間極其巨大的書房，四面全是架子，不過在架子上放的，並不是書，而是各種各樣船的模型。那些船的模型，都有兩公尺長，我相信新的時候，一定是極其精緻，大船上所有的東西，應有盡有的。但現在，能夠認出它們是船來，已經不容易了！

船的模型，少說也有七、八十隻，在正中，則是一張巨大的書桌。

書桌上積塵十分厚，可以看得出，有點東西，被蓋在積塵之下，我向狄加度招了招手：「先來看看，桌上有些什麼？」

狄加度這時，正在審視一艘船的模型，聽得我叫，就轉過身來到了桌前。

桌上的積塵，實在太厚，已經連成了像是海綿也似的一層，可以整層地揭起來。我用手拂開了一層塵，看到塵下，是一枝鵝毛筆。

鵝毛筆是放在一張紙上的，那張紙上，有着一行字，字迹還可以看得很清楚，那一行字是：「我是人類之中最偉大的一個人！」

在那行字之下，則是一個簽名。

狄加度先是震了一震，然後才道：「這，就是他的簽字，我見過。」

我也自然知道，狄加度口中的「他」，是指維司狄加度而言，我望着那行字：「他口氣倒不小，自稱為最偉大的人！」

狄加度苦笑道：「這是他狂妄性格的表現！」

我將那張紙取了起來，那是一張相當堅韌的羊皮紙，是以經歷了數百年，我取了起來，紙並沒有碎裂，我心中感到很奇怪：「他留下了這行字，像是唯恐人家不知道他偉大一樣！」

講了這句話之後，我略頓了一頓：「如果他真的到現在為止，還在水中生活的話，那麼，我也承認他是最偉大的人！」

狄加度「嘿嘿」苦笑着，又拂開了桌面上的積塵，我們又發現了一些航海家用的規尺和一本薄薄的書。可是那本書，一取起來，就幾乎碎成了紙片，我連忙雙手捧住了紙片，那本書的內容，出乎我們的意料之外，是一本當時研究海洋生物的書。

我和狄加度又先後移開了書桌上的抽屜，但是卻並沒有發現什麼特別的東西，有幾枚金幣，也有一點無關緊要的雜物。

狄加度失望地道：「看來，在他的書房中，再找不到什麼了！」

我皺着眉：「如果他在監造那三艘船的時候會有什麼秘密，那麼，除非沒有什麼秘密留下來，不然，一定應該在他的書房之中！」

狄加度挺直了身子，四面看看，這時，我們的眼睛，已然適應了昏暗的光線，我看到他的目光，停留在那許多艘船的模型上。

我走過去，順手拿起其中的一艘來，才一拿起，船身就斷折了開來。

船身斷開之後，我才發現，那些船模型，是製造得如此之精緻，不但外面可以看得見的東西具體而微，應有盡有，連船艙的間隔、艙內的擺設，也幾乎應有盡有。我失聲道：「狄加度，你來看，這些船做得多麼精緻！」

狄加度走了過來，道：「要是我們能找到那三艘船的模型，那就好了。」

我知道他的意思，因為到現在為止，我們只知道那三艘船的外形，我雖然曾進過其中的一艘，但是船艙之中，卻是空無所有。

如果我們能找到那三艘船的模型，就這些模型的精緻程度來看，那三艘船的秘密，一定可以揭開的了！

於是，我們小心地逐艘逐艘地觀察着，但結果卻是失望，等到我也同意了狄加度的話，在這間書房中，不可能有什麼發現之後，已過去了兩、三小時。

我們退出了書房，在一腳踏下去就發出可怕的聲響來的樓梯上，上了樓。樓上的房間很多，我們在每一間房間之中，大約花上半小時，在到了第六間房間之後，天色已然迅速地黑了下來，幾乎看不到什麼了！

我們仍然沒有什麼發現，而在天色黑了下來之後，這座古堡，顯得分外恐怖。下面大堂的上千蝙蝠，發出一陣怪異莫名的聲音。

我道：「我們該暫時離開了，我想不到古堡中的情形這樣糟糕，我們明天再來時，要攜帶一些必要的工具，才能繼續工作！」

狄加度卻像是未曾聽到我的話一樣，一直到我又說了一遍，他才道：「你離開吧，我不走！」

我吃了一驚：「你說什麼？不走？什麼意思？」

狄加度道：「是的，我不走，我要在這裏過夜！」

我提高了聲音：「你瘋了，你不能在這裏過夜，這座古堡雖然大，但是沒有一處地方，是可以供你睡覺的！」

狄加度固執地道：「可以，下面書房的那張木椅子還能坐人！」

我又道：「為什麼不離開這裏，明天再來？」

狄加度道：「這是你的想法，你對這座堡壘，沒有感情，所以一到天黑就想走，但是，我卻不同，這是我祖先建造的，屬於我的！」

他講到這裏，略停了一停，又道：「你可以將車駕走，明天再來。」

我又用各種各樣的話，勸了他十七、八次，可是狄加度仍是不聽，我只好嘆了一聲，和他一起下了樓，當我用上衣包着頭，衝出大廳的時候，我看到他正站在那尊人像之後，在黑暗中看來，他也像是一尊人像。

一小時之後，我在一個小鎮的酒吧之中喝啤酒。這種小鎮的酒吧，顧客可以說是固定的，所以多了我這個陌生人之後，人人矚目，不一會，就有人抓着酒杯，來到了我的身邊。

那人的年紀很輕，他用友善的笑容，望着我：「我們這裏是小地方，很少外地人來的，你的車子很漂亮，我們從來未曾見過！」

當那年輕人對我說話的時候，整個酒吧中的人，都靜了下來。我也笑着：「車子不是我的，是狄加度先生的，他是我的朋友。」

當我說到「狄加度先生」時，我就看到那年輕人陡地震動了一下，杯中的酒也震了出來，而其他人，也現出了駭然的神色來。

我略停了一停：「怎麼，有什麼不妥？」

那年輕人勉強地笑着：「沒有什麼，不過你那朋友的姓氏，和離這裏不遠的一座古堡有關係，我說的是狄加度古堡。」

我點頭道：「是的，我整個下午，在狄加度古堡之中，那是狄加度先生的產業。」

當我說出了這兩句話之際，那年輕人倉皇地向後退去，他退得如此之急，甚至於撞倒了一張椅子。而一個老年人，像是來保護他一樣，立時過來，扶住了他，所有的人，全都以極其異樣的眼光望着我！

我站了起來，那年輕人站穩了身子，急促地叫道：「你在撒謊，沒有人敢去那個古堡，那古堡中有鬼，誰去了都會死！」

我笑了一下，重又坐了下來：「那麼你就錯了，年輕人，我去過，沒有死，而且，狄加度先生，還在古堡中留宿，我相信他也不會死！」

酒吧所有的人都不出聲，有一個老婦人，雙手合十，喃喃禱告起來。酒吧中人有這樣的態度，我一點也不覺得奇怪，凡是古屋，總有鬼的傳說，而如果不是當地人堅信那裏有鬼的話，那麼，古堡早已被人破壞，決不會幾百年來，沒有人進去過了。

我不想破壞當地人在酒吧中尋找樂趣的氣氛，是以付賬離去，回到了一家小酒店中，睡得十分好。第二天一早就醒，忙了一個上午，在這個小鎮之中，買了一些應用的東西。

我駕着車，在中午時分，來到古堡的門口，我大聲叫道：「狄加度，看我替你帶來了什麼食物！」

我替他帶來的食物，相當豐富，可是我叫了兩聲，卻得不到他的回答。

我將一隻竹簍，罩在頭上，手中持着一隻電筒，推開門，走了進去。有那隻竹簍罩在頭上，那真好得多了，我來到了書房門口，移開了門，看到狄加度歪着頭，坐在那張椅子上，看來睡得很沉。

我除下了竹簍，來到了他的面前，搖着他：「你一定餓了！」

狄加度慢慢地抬起頭來，直到這時，我才看出，他的臉色，白得可怕。

我皺着眉：「你昨天一定睡得不好，我早就勸你別在這裏過夜的了！」

狄加度口唇掀動，半晌，才道：「有酒麼？」

我看他的情形，不怎麼對頭，扶着他站了起來，將竹簍罩在他的頭上，半拖半扶，將他拖出了大廳，來到了陽光普照的草地上。

我一鬆手，他立時跌倒，竹簍滾了開來，他雙手撐在地上，急速地喘着氣。

我急忙從車中取出了熱水瓶，自熱水瓶中，傾出了一杯熱咖啡，送到了他的身前，他手仍然發着抖，在喝完了那杯熱咖啡之後，他的臉上，總算才有一點活人的樣子，掙扎着站了起來。

我忙道：「怎麼了？昨晚上發生了什麼事？」

狄加度深深地吸了一口氣，然後搖着頭：「沒有什麼事，我一直留在那書房中！」

我望着他：「你的臉色那麼可怕！」

狄加度苦笑道：「不瞞你說，在過了半夜之後不久，我就因為自己的幻想，而陷入了極度的恐怖之中，幾乎已是在半昏迷狀態了，你知道，一個人，在這樣的一座古堡中，這是難免的！」

我並無意嘲笑他，但是我還是忍不住道：「這座古堡是屬於你的，你和這古堡有感情，也會這樣？」

狄加度苦笑着：「你不知道，在寂靜的深夜中，這座古堡中，有多少怪異的聲音發出來！」

我笑着，拍着他的肩頭：「你沒有看到什麼？」

狄加度的神情已漸漸回復正常了，他道：「我倒希望能看到些什麼，不過沒有，我只不過被極度的恐懼，弄得神志不清了！」

我望着在陽光下滿是藤蔓的那座古堡：「那麼你是不是還有勇氣，繼續搜索？」

狄加度立時回答道：「當然，有你和我在一起，我才不會感到害怕！」

我點了點頭，攤開了一條蓆，我們在草地上，一起吃着我帶來的食物，喝了差不多一瓶酒，才又走進古堡去。

今天和昨天不同，有了我帶來的一些工具，探索起來方便得多。我們打開了所有房間的窗子，大多窗子，根本是在一推之下，便整個窗框，一起倒了下來的，可是時間慢慢過去，什麼也沒有發現。

最後，我們將希望寄在地窖中，那古堡有一個極大的地窖，地窖中有藏酒，有許多許多雜物，可是就是沒有我們想找到的東西。

然後，天色漸漸黑了下來。

我道：「行了，我們明天再來！」

狄加度像是完全忘了他今天早上，被我從書房中拖出來的那種半死不活的情形了，他竟然又道：「你一個人回去，我留在這裏！」

我聽得他那樣講，不禁又好氣，又好笑：「今天早上我找到你的時候，你半死不活，我不想明天早上，在這裏拖出一條死屍來！」

狄加度固執地搖着頭，道：「不會的！」

他那種不負責任的、固執的態度，使我冒火，我大聲道：「你留在這裏，除了使你逐步逐步變成瘋子之外，沒有別的好處！」

狄加度卻對我惡顏相向：「我高興怎樣就怎樣，你無權干涉我！」

這時候，我並不明白，狄加度的態度，何以忽然之間，變得如此惡劣，而且，照他今天上午的情形看來，他昨天晚上，分明並不好受，實在沒有理由，再堅持要在古堡中過夜的。

一直等到這件事了結之後，很久很久，我和一些朋友，談起這件事來，講到了當時狄加度的情形，有一位心理學博士才分析狄加度當時的心理，是由於特殊的環境影響而成的。在他的內心深處，交織着家族的榮譽，他對這座古堡的情形，感到痛心，是以在潛意識之中，對古堡產生了強烈的愛護感，儘管他曾在一夜之中，飽受驚恐，但是卻仍然不願捨之而去。我不知道這位心理學家的分析是不是對，都是很久以後的事了，當時我根本不及想到這一點，我只是冷笑着，道：「你不用大聲說話，今晚我一定要將你帶走！」

我一面說，一面就抓住他的手臂，拉着他便走！

他雖然掙扎着，但是他的氣力沒有我大，當時我們是在地窖中，他身不由主地被我拖走，一面大發脾氣，亂踢地窖中的雜物。

我也不去理會他，將他直拉上了地窖，又拉過了一條通道，來到了大聽那尊人像附近，才鬆開了手。

我以為他一定知道，強不過我，我鬆開手之後，一定會跟我走出古堡去了！

卻不料事情完全出乎我意料之外，我才一鬆手，狄加度便大叫了一聲，一拳向我擊來！

這是我全然未曾料到的事，而且這一擊，對狄加度來說，一定是傾全力的一擊，力道十分之大，我下頦中拳，發出了一下憤怒的呼叫聲，身子已向後倒去。

我無法穩住身形，身子向後一倒，恰好撞在那尊人像之上，當我想去反手在人像上扶住身子之際，「轟」地一聲巨響，那座人像，已然跟着被我撞倒，倒在地上。

那座人像是石像，向下倒了下去，如果是在一座新房子中，那還不算什麼，可是這時，卻是在一幢廢棄了數百年的古堡之中發生！剎那之間，像是世界末日來臨了一般，隨着人像倒下去的轟然巨響，一段樓梯，突然齊中塌了下來，緊接着，大廳上面的天花板，稀哩嘩啦，坍下了一大片來，上千蝙蝠，亂飛亂撲，天花板下塌，又影響到二樓的一些房間，我也不知道塌了些什麼，只聽得乒乒乓乓之聲，不絕於耳，那種情形，就像是整座古堡，會在片刻之間，變成一片廢墟一樣！

我當真嚇得呆了，我猜想狄加度一定也嚇呆了，我聽得他的一下呼叫聲，好像是在叫我的名字，但是我卻無法聽得真切，我離他不會太遠，可是我根本無法聽得見他，因為天花板下塌之際，揚起的灰塵，濃得難以言喻，我只好緊緊閉着眼睛，雙手遮着頭，蹲下身子來。

人像倒下，所引起的連鎖倒坍，足足在十分鐘之後，才停了下來，等到我聽不到什麼聲響，重又睜開眼來時，才發現大門處的牆，也倒下了一大片。

第十一部

秘道下的白骨

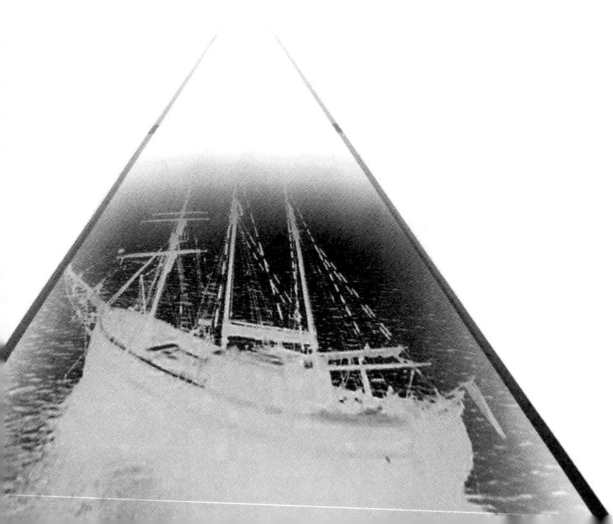

雖然剛才那十分鐘，像是處在世界末日之中一樣，滋味絕不好受，但是現在靜了下來，情形卻還不壞，所有的蝙蝠，全飛了出去，斜陽的餘暉，自斷牆之中，射了進來，向外看去，只見大群蝙蝠，在夕陽之中，亂飛亂撲，蔚為奇觀。

這時候，我當然沒有什麼心情，去欣賞這種奇景，我立時去找狄加度，只見狄加度在地上伏着，這時，正搖晃着身子站起來，他可能還沒有看到我，只是失神地在叫道：「天，衛，我不是有意傷害你的，我真是無心傷害你的！天！」

我望着他，心中又是好氣，又是好笑：「別叫天了，你沒有傷害到我！」

狄加度立時向我望來，當他看到我的時候，他臉上那種高興的神情，使我完全相信他的確是無意傷害我的，他來到我的身前，握住了我的手。

我輕拍着他的肩頭，想再要他跟我一起到鎮上去，可是，狄加度忽然叫了起來：「看！」

他一面叫，一面伸手指着，指的是我的身後。

我立時轉過身去，也不禁呆了一呆。

那座極高大的人像，是站在一個石座之上的，人像倒了下去，早已碎裂為無數石塊，可是那石座，卻只是被揭去了一小半，我和狄加度，都可以清清楚楚看到，石座的中間是空的，在其中的中空部分，有一個絞盤，絞盤上，有鐵纜纏着。

那些鐵欖上全是油，竟未曾生鏽！

一看到這種情形，我們都呆了一呆，狄加度無意識地揮着手：「這是什麼？」

我大叫道：「傻瓜，這還不明白？這古堡中另有密室，這個絞盤上的鐵纜，就是連接開啟密室的機關的，還不快動手！」

我伸手，自絞盤之上，扳下一個柄來，我們兩人，合力握柄，向下壓去，開始的時候，十分沉重，要出盡全力，才能轉動那柄，但是在絞盤轉了一轉之後，就比較容易得多了，當絞盤轉動到了第二周時，我們已聽到，大堂的中心，傳來「格格」的聲響。

我們一起向聲音發出的地方看去，只見有一塊方形的地板，正在漸漸向上翹了起來。

這個發現，令我們兩人都興奮莫名，我們又用力轉動着絞盤，直到那塊地板，完全豎了起來，我們急忙奔到了豎起的地板之前，用電筒向下照去。

我們看到，那地板之下，是一道石級，通向下面去，究竟有多深，卻看不出來，因為電筒的光芒無法照得到。我吸了一口氣，狄加度忙道：「別對我說明天再來，我現在就要下去！」

我笑了一下：「沒有人提議明天再來！」

當我說完這句話的時候，狄加度已經向下走去了，石級相當狹窄，我無法和他一起下去，是以只好跟在他的後面，兩人各自亮着電筒。

在開始下去的時候，可以看得出，石級是人工建成的，但是，下了約莫三十餘級石級，已到了盡頭，下面，是一道相當窄的石縫，那石縫，看來是天然的。

狄加度在用電筒向下照着，他抬起頭來：「石壁上許多鐵環，一直伸展到下面去。」

我道：「試試那些鐵環，可靠不可靠！」

狄加度伸下腳去，我拉住了他的手，他將一隻腳，伸進鐵環之中，用力踏着，鐵環發出「格格」的聲響，並沒有掉下來。

狄加度高興地道：「可靠得很！」

我鬆開了手，眼看他的身子，慢慢沉了下去，那情形，就像是我看着他被一張黑沉沉的怪口，吞了下去一樣，我的神情，不免怪異，是以當他身子全沉了下去，仰起頭來看我的時候：「不如你在上面，等我下去，看了究竟再說！」

我不假思索，便拒絕了他的提議：「當然我們一起下去，你小心，我來了！」

他的身子繼續向下縮去，我伸右腳踏住了第一個環，雙手扳住石級，左腳又向下探索着，鐵環大約每隔一尺就有一個，所以很容易就踏到了第二個。

這些鐵環，當然是人工裝上去的，但是這條通道，一定是山腹之中天然形成的，決非人工所能開鑿得成，可能是在建造古堡之際無意間發現，也可能是先發現了這條可以通向山腹之中的通道，再在上面建造堡壘，有意將通道出口處遮蓋住的，究竟如何，現在自然是無法加以肯定！

狄加度在下，我在上，在山腹的通道中，向下移動着。那條通道，有時候相當寬，有時候，卻窄得要擠着才能下去，太胖的人，弄得不好，可能會不上不下卡在山腹之中，再難移動分毫！

我一面向下移，一面在計算着鐵環的數字，我們全將電筒咬在口中，山腹的通道，暗得可以，連呼吸也有點感到困難。

我計算着，我們至少已向下移動了有兩百個鐵環，我問道：「下面還有多深？」

我的聲音，在通道中，響起了轟然的回聲，狄加度道：「看不到，好像直通到地中心！」

我道：「不會的，這座峭壁，約莫三百多呎，我想，可能通到海邊。」

狄加度的聲音，十分興奮，道：「是的，海，我已聞到了海的氣息！」

當狄加度那樣說的時候，我只感到好笑，可是，當我們繼續向下移動之際，我的確聞到了海的氣息，我們一直向下落着，鐵環上的鏽，好倏越來越甚，終於，在電筒的照耀下，我們看到了水，過了不久，我們已然站在一塊極大的巖石之上。

而這時候，我們也看清了存身的所在。

那是一個相當大的巖洞，在我們所站的那塊大石之前，海水中，還有幾塊極大的石頭，都很平整，可以看出，是人工鑿成的，而石與石之間，有橋連接着，不過所有的橋都已經斷了。

巖洞並沒有通向外的通道，整個巖洞，如果不是有一條自山頂上直通下來的通道的話，就是密封的，海水在腳下，我相信，如果潛水，一定可以通到外面去，但會遇上什麼樣的兇險，就不知道了。

我們用電筒掃射着，看到在巖洞中的一塊大石，有一口巨大的鐵箱。

這樣巨大的鐵箱，是根本無法搬進巖洞來的，那一定是將材料運進洞來建造的。

那口大鐵箱，足有三公尺高，五六公尺長，和近四公尺寬，看得出它是用一塊一塊鐵板，併接起來的，不過鐵板上的鏽，已然相當厚。

在那口大鐵箱之旁，另外還有兩隻小鐵箱，那兩隻小鐵箱的大小和形狀，恰像是兩口鐵棺材。

一看到了那大小三隻鐵箱，我不由自主心跳了起來，我和狄加度互望了一眼，從他那種興奮的神色上，我可以看得出，他和我同樣想法，那便是：我們的探索，快要有結果了，我們所要找的秘密，一定就在這三口鐵箱之中。

我們這樣想，自然是有根據的，因為這個巖洞，要經過一條秘密的通道才能到達，而這條秘密通道的入口處，又是如此隱秘，如果說，在巖洞中的東西，不是極度秘密的話，又怎會放在這裏？

狄加度雙手伸向前，看他的樣子，像是準備跳進水裏，游到那塊大石去，可是我立時伸手，將他一把拉住：「你準備幹什麼？」

狄加度大聲叫了起來，他一叫，聲音在巖洞之中，響起了一陣空洞而奇異的回聲，他道：「我準備幹什麼？當然是游向前去，看看那三口鐵箱中有什麼！」

我用電筒照着，巖洞中的海水，看來是漆黑的，我很佩服狄加度有毫不考慮便向下跳的勇氣，我道：「你怎能肯定海水沒有危險？我看我們得先上去，拿了足夠的照明設備，再開始行動！」

狄加度猶豫了一下，但是他立即搖着頭：「不，我看不會有危險，你看，我們只要游二十多尺，就可以到那塊大石上了！」

我並不立時回答他，只是俯下身，用手探進海水去，海水很冷，自然，不論海水多麼冷，以我和狄加度的體質而論，支持游上二十多尺，是沒有問題的。

可是我總有一種感覺，感到在這黝黑的海水之中，藏有某種不可測的危機。當然，那只是我的感覺，沒有任何事實根據，不過這種感覺，卻使我要小心從事。

我用手掬起海水來，一小掬海水在掌心，看來很清澈，可知海水看來黝黑，完全是因為光線問題。

我又取出了幾張紙，團成一團，拋進了水中，狄加度一臉不耐煩的神色望着我，我向他瞪了一眼：「像這種巖洞，水中常有看不見的暗渦，你一下水，暗渦就會將你拖到海底去！」

我看着那幾團在水面上飄浮的紙，它們全向同一個方向，慢慢向前浮着，可知看來平靜的海水，的確有暗流在，但是這種緩慢的暗流，也決不至於影響什麼。

等到紙團飄到了那塊大石附近，我還未曾出聲，狄加度已經大聲道：「好了，我看沒有危險！」

他話才出口，人已經看不見，滑下了水中，當他滑下水去的時候，身子略沉了一沉，但隨即浮了起來，向前迅速地游了過去。

不到一分鐘，他已經攀上了那塊大石！

我將手電筒高舉着，也向前游去，水很冷，可是水程很短，不一會，我也上了那塊大石，我們將濕衣服脫了下來，絞乾，鋪在石上。

然後，我們開始察看那三口鐵箱子。那三口鐵箱子都上着鎖，兩口小鐵箱的鎖是在外面的，我只伸手略扭了一扭，便將鎖連着鎖耳，一起扭了下來。

狄加度學着我，也將另一具小鐵箱的鎖，扭了下來，我和他各自撐開了一具小鐵箱的蓋，由於我們各自揭開了一隻小鐵箱的蓋，箱蓋被揭了起來，遮住了視線，是以我們只能看到各自面前鐵箱中的東西。

而我們兩人動作，幾乎是一致的，我揭開了箱蓋，向箱中一看，雙手一鬆，「砰」地一聲響，箱蓋又合攏，震得鐵箱上的積鏽一起落了下來。

我們兩人，立時抬頭互望，他的神情，古怪之極，而我的神情，我相信同樣的古怪，因為我可以感到，我面上的肌肉，在不受控制的情形下，作有規律的抽搐。

過了足足有半分鐘之久，我們兩人望着，最後還是我先開口，我道：「你那口箱子中有着什麼？」

狄加度反問道：「你的呢？」

我道：「一副人骨！」

狄加度苦笑了起來，指着他面前的那口鐵箱，道：「這裏面也是！」

我一見這兩口小鐵箱子之際，就覺得它們的形狀大小，恰如兩口棺材。

但是，我怎麼也想不到，在這兩口鐵箱子之中，真的是兩副人骨。

剛才，我一揭開鐵箱之際，看到了森森的白骨，心中着實吃了一驚，是以才突然鬆開手的，我相信狄加度的情形，也是一樣。

這時，我們互相說了幾句話，都已鎮定了下來。在鎮定了下來之後，死人骨頭，自然嚇不倒我們，是以我們又一起打開箱蓋來。

這一次，我用的力道大了些，在箱蓋打開之後，向下壓了一壓，「拍」地一聲，鏽壞了的鏽鏈斷裂，箱蓋落到了石上，彈了一彈，濺起一陣水花，滑進了水中。

我看着鐵箱中的那具白骨，顯然，那口鐵箱，是被當作棺材用的，因為我立時發現，在白骨之下，還有東西襯着，可能是綢緞之類。

那些綢緞，當然早已腐爛了，那具白骨相當長，一定是一個殘廢人的骸骨，因為只有一條腿，那條腿骨十分長，也沒有腳趾骨。

我在看着，狄加度已叫了起來：「是一個獨腳人的骸骨！」

我呆了一呆，抬頭向他看去。

他在對我說話，但是手中的電筒，照着鐵箱內，而且還低着頭，那麼，他所說的「獨腳人」，顯然是指他面前那一口鐵箱中的骸骨而言。

而在我面前的那口鐵箱中，也是一個「獨腳人」！

我連忙走了過去來到了他的身邊，向他面前的那口鐵箱望去。

不錯，那一口鐵箱中的那具白骨，也是一個獨腳人，看來，兩具白骨，差不多大小，我俯下身去，電筒光在白骨上緩緩移過。

鐵箱中有一股極其難聞的腐臭之氣沖了上來，以致我要用一隻手掩住了鼻子。

毫無疑問，那是人的骸骨，頭骨上的七個孔，兩排牙齒，細而尖利，胸骨和脊骨，都十分強健。手臂骨相當長，手指骨尤其長。

可是，在腰際以下，我不禁有點疑惑，兩具白骨都是相同的，盆骨相當小，長而單獨的腿骨，有着六七節之多，這不像是人的腿骨，人的腿骨，有臼巢聯接的，只有三節，而這具骸骨又沒有腳骨，在最尾端處，是一塊相當扁平的骨頭。

而且，我也明白了狄加度第一次叫出來「獨腳人」這三個字的真正意義了。

他說那骸骨是一個「獨腳人」，而不說是一個「一隻腳的人」，是有道理的。

「一隻腳的人」，是指一個人本來有兩條腿，後來喪失了一條，但是「獨腳人」，則是指這個人，生下來就只有一條腿而言的。

現在，在這兩口鐵箱內的白骨，顯然是兩個生下來就只有一條腿的人，因為在盆骨之下，看不出有另外一條褪的痕迹，那奇異的、多關節的腿骨，是沿着盆骨的正中，直伸展下來的。

等我將電筒，在白骨自頭至尾，照了一遍之後，我直起身子來：「狄加度，你看，這是什麼樣人的遺骨，這人活着的時候，應該是什麼樣子的？」

狄加度的臉上，也充滿了疑惑的神色：「這人很高，比你和我都高，他只有一條腿……」

他一面説，一面比劃着，然後，聳了聳肩：「只有一條腿，他當然只能跳着走，你看他的腿骨，我想他一定具有很高的彈跳力——」

我在他講到這裏的時候，打斷了他的話頭：「我不同意你的説法！」

狄加度望定了我，我道：「你看他的腳骨，根本沒有腳趾，而且那麼扁平的腳，也不會有很高的彈跳力。世上任何擅於跳躍的動物，都要藉腳部肌肉的運動，而使身子跳起來。」

狄加度望了望鐵箱內的骸骨，又望了望我，突然之間，他的呼吸，變得急促了起來，嘴唇掀動着，想説什麼但是卻又沒有發出聲來。

我知道他一定是想到什麼了，而且，還可以肯定，他所想到的，一定是極其怪異的事，不然，他不會有這種駭然的神情。

我説道：「你想到了什麼？」

狄加度指着鐵箱中的白骨，又以手擊着頭，過了半晌，他才道：「那一定是我的幻想！」

我催他道：「你究竟想到了什麼？」

狄加度道：「我想，我們全想錯了，這個人，他根本沒有腿！」

我聽後呆了一呆，這是什麼意思？這個人根本沒有腿？明明有一條那麼長的腿骨在，怎麼說沒有腿？可是，就在那一剎間，我腦中像是被某種力量，衝擊了一下，緊接着，陡地一亮，我也想到了！

和狄加度不同的是，狄加度在想到了之後，半晌出不了聲，但是我卻立時叫了起來，道：「不錯，那不是腿，那是一條尾！」

狄加度望着我：「那麼，這個人是什麼樣子的呢？拖着一條長尾？」

我發覺自己的聲音，聽來和呻吟差不多，但是我還是堅持着將話說完，我道：「狄加度，那不是一條獸尾，而是一條魚尾，這人，上半身是人，下半身是魚，也是人魚！在海中生活的人魚！

狄加度的雙手，在毫無意義地揮動着，也不知道他心中是興奮，還是高興，他口中在喃喃地道：「人魚，不錯，他是人魚！」

這時候，我唯一想的，就是坐下來，於是我就坐在鐵箱的邊上。

人魚，這個名詞，任何人聽來，都不會覺得陌生，或者說，美人魚，更容易使人覺得熟悉。

人魚就是一半是人，一半是魚的怪物，有不少航海者，堅持他們見過人魚，但是他們的話，卻被科學家否定，科學家說，航海者所見到的人魚，其實是一種叫作「儒艮」的海象。

然而，那種海象，卻是臃腫醜陋不堪的東西，任何人都可以分得出牠和傳說中的美人魚，是如何地不同！

不過，航海者也無法反駁科學家的否定，因為真正的人魚是怎樣的，也沒有人說得上來，更未曾有人試過捉過一條人魚！

當然，大海是那麼遼闊，人類對海洋的知識是如此薄弱，沒有一個生物學家敢說海中的生物，已全被人類所認識了，但是人魚總被認為是無稽之談。

然而，如今在鐵箱中的那兩具白骨，如果不是人魚，又是什麼呢？

我坐在鐵箱邊上，雙手托着頭，狄加度只是呆呆地站着，我們誰也不想說話。

過了好久，我才站起身來，我是將手電筒放在臉上的，一站起身來，手電筒就滑跌了下來，幾乎沉下海水中去，我連忙俯身，將手電筒按住。

由於我的動作太匆忙了，是以身子在鐵箱上碰了一下，碰下了大量鐵鏽來，而我按亮了電筒，一轉身間，發現箱子的一邊，有字刻着。

我忙道：「快來看，這裏有字刻着！」

狄加度也忙蹲了下來，我們都看到了字迹，但是字迹的大部分，全被鐵鏽遮蓋着。

我們合力用手，將鐵鏽弄去，鐵箱的一邊上，刻着好幾行字，雖然已經模糊不清了，但是仔細辨認起來，卻還可以認得清。

我們花了半小時左右，將那幾行字讀完，狄加度和我面面相覷，我們猜得不錯，這鐵箱中的白骨，的確是兩個人魚骸骨！

那幾行鑄在鐵箱上的文字如此記載着：貝當的屍體，他是我的好友，沒有人知道他的存在，而他的確的是存在的，相信他是世上碩果僅存的兩位人魚之一，他真正是人，雖然他一半身子是魚，願他安息！

我立時又到了另一口鐵箱之旁，用手抹着鐵鏽。不錯，那隻箱子上，也有着相同的記載，只不過名字不同，被稱為「貝絲」，可能是女性人魚。

狄加度直起身來，道：「我們原來是想來找三艘船的秘密，卻不料發現了兩具人魚的骸骨。」

我深深地吸了一口氣：「這是極其偉大的發現，狄加度，而且，我認為對我們探索的目的，也很接近，你記得麼，維司狄加度，你的祖先，到現在，還在海底生活着！」

狄加度皺着眉：「你說得太肯定了，你應該說，你曾在海底見過他！」

我道：「好，不管怎樣說法，這是和人魚有關的，人魚是在海中生活的！」

狄加度尖聲叫了起來：「可是你遇到的是人，你從來沒有說你遇到的是人魚！」

他的情緒看來十分激動，而我也知道他神情激動的原因，我忙搖手道：「我並沒有說你的祖先是人魚，但是有一點是不能否認的，那就是，狄加度曾經和這個人魚做朋友！」

狄加度點着頭，我又道：「他是在什麼地方，怎樣發現那兩條人魚的，我們無法知道，也不必深究，但是我想他一定和那兩條人魚，相處了一段時期！」

狄加度看來極不願意他的祖先之中有一個是人魚，是以他翻着眼：「那又怎樣？」

我道：「那怎樣？他可能在人魚處，學會了如何在海中生活！」

狄加度張大了口，然後，又迅速閉上了口。

他的胸脯起伏着，過了半晌，才道：「你說，他一直活在海中，活到如今？」

我攤着手：「那是你說的，我只說我在海底的沉船之中見過他！」

狄加度尖聲道：「那有什麼分別？」

我高興地笑了起來：「本來沒有什麼分別，是你硬要將這兩種說法區分開來的！」

狄加度又呆了半晌：「他真有那本事？在水中生活，而且又如此長壽？」

我感到有點冷，拿起在石上未乾的衣服披上，直到這時，我才想起，還有一口大鐵箱，箱中是什麼，我們還沒有弄開來看過！

本來，那大鐵箱如此巨大，我們就在大鐵箱旁邊，轉來轉去，是不就將它忘記了的，可是，由於在小鐵箱中發現的那兩具骸骨，太令人震驚了，以致我們暫時忘記了那口大鐵箱。

第十二部

人魚

這時，我向大鐵箱踢了一腳，道：「別忙猜想，先看看這裏面有什麼！」

大鐵箱十分高，我們要站在小鐵箱的邊上，才能合力去頂開大鐵箱的箱蓋，可是忙了半晌，箱蓋卻一動也不動。箱子是鎖着的，而且，是有鎖孔的那種鎖，不可能將之扭下來，一定要找到鑰匙。

我和狄加度，各自跳了下來，拾了一塊石頭在手，又站了上去，在鎖孔附近，用力砸着，我們希望鎖的機括早已鏽壞，在猛烈的撞擊下，可以使我們打開箱蓋。

我們兩人忙了滿頭大汗，終於將鎖孔周圍，砸得一起凹陷了下去，再合力去頂開箱蓋，箱蓋已經可以動了，但是那麼大的鐵箱蓋，其重可知，要將它頂起來，也不是容易的事情。

我們出盡了九牛二虎之力，才將之頂開了一些，用一塊石頭，塞了進去，再也沒有能力揭開多些了。

然後，我們一起踮起腳，從打開的隙縫中向內張望，自然，我們將電筒伸進縫中，一起向內照着。

那鐵箱是如此之大，簡直像是一間房間，在電筒光的照射下，我們看到很多奇怪的、生了鏽的東西，包括幾個鐵環，一張好像是牀，還有許多像是刀一樣的東西。

我和狄加度互望了一眼，狄加度道：「這是什麼，為什麼要鄭而重之的鎖在大鐵箱中？」

我搖了搖頭，這正是我想問的問題。

在電筒光芒照耀下，大鐵箱的一角，還有一隻相當大的陶盆，陶盆中好像有一點東西，我和狄加度一起用電筒照看那陶盆，那盤中的東西，黑黑的一堆，看來像是什麼動物的內臟，有一種令人作嘔之感。

我道：「我們得想法子爬進去看個究竟。」

狄加度還在猶疑，電筒光在掃來掃去，又看到了一口很小的鐵箱，鎖着，我已經一個人用力在抬箱蓋，狄加度幫着我。

終於，我們合力，將箱蓋又揭高了尺許，用力向前一推，沉重的箱蓋，發出了一聲巨響，跌了下去。大箱蓋在跌下去的時候，撞在兩口小鐵箱上。

那一撞之力極大，我和狄加度覺得身子向下一沉，連忙用力抓了大鐵箱的邊緣，只聽得轟隆轟隆的回聲不絕，水花濺起老高，在大鐵箱箱蓋的撞擊下，兩口小鐵箱，連同大鐵箱的箱蓋，一起跌進了水中！狄加度和我，一起發出了一下驚呼聲來。

我和他都知道，這兩具人魚的骨骼，在科學上的價值，是無可比擬的，憑這兩具骨骼，就可以肯定，世界上的確有人魚這種動物的存在。

不但如此，而且可以進一步，證明人在海中長期生活的可能性，這是可以使整個人類歷史改寫的大事。

可是現在，這兩具骨骼，卻跌進水中去了！

我們呆在大鐵箱的上邊，心中都有着說不出的懊喪，過了片刻，狄加度像是在安慰我，又像是在安慰他自己，道：「不要緊，我們可以潛水將這些遺骨一件一件地撈上來。」

我點了點頭，我們一起翻過了大鐵箱的邊緣，鬆開手，落到了大鐵箱的底部，我先用腳，踢動着那些生了鏽的刀和鉗子：「看來，這些東西，全是外科醫生用的工具一樣！」

狄加度則來到了那隻小鐵箱之前，將小鐵箱抱了起來，用力撞在大鐵箱的底部，「砰」地一聲響，小鐵箱撞了開來，從裏面，跌出了一疊紙來。

狄加度將這疊紙，拾了起來，用電筒照着，我看到狄加度只不過看了幾行，就面上變色，將這疊紙，緊緊抓在手中，同時，熄了電筒。我忙道：「上面記載着什麼？」

狄加度像是未曾聽到我的問話一樣，直到我問了兩次，他才陡地抬起頭來：「沒什麼，全是無關重要的東西，沒什麼！」

他顯然是在説謊，這不禁令我極其氣惱，我們兩人合作，已經有了這樣重大的發現，可是在這樣的情形下，他還要對我説謊。

更令人忍無可忍的是，他説謊的技巧，竟然是如此之拙劣！

我無法掩飾我的憤怒，立時大聲道：「狄加度，走過來，我們一起看看，這些紙上寫的什麼？」

狄加度後退了一步，以一種十分兇狠的眼神望着我，將手中抓着的那團紙，放到了背後。

那團紙被他這樣抓着，已然有不少碎片，碎裂了開來，我疾聲道：「小心你自己也會失去了它們！」

狄加度喘着氣：「算了，我們的探索，到此為止，這是我的地方，請你離去！」

他竟說出了這樣的話來，我實在也不必對他客氣了，我將手中的電筒，直射向他的臉上，令得他睜不開眼來，然後，我迅速地接近他。

可是他的行動，更出乎我的意料，我才向前走了兩步，他就向我直撲了過來，我手中的電筒，首先被他擊落，同時熄滅。

眼前成了一片漆黑，狄加度在漆黑之中，像是瘋了一樣，向我進襲，在大鐵箱之中，我和人打架，這還是有生以來第一次！

要打贏狄加度，在我來說，決不是什麼難事，可是他卻像瘋了一樣地進攻，終於，我將他擊退，然後，俯下身來摸索着，想找回電筒來。

在這段時間中，我聽到狄加度的喘息聲，走動聲，在鐵箱壁上的撞擊聲，等到我找到了電筒，着亮時，我照到狄加度，他已經攀出了大鐵箱。

我用電筒直射着他，同時大叫道：「狄加度！」

狄加度在我叫喚他的時候，轉過頭來，我手中的電筒光芒，直射在他的臉上。

在那一剎間，我可以清楚地看到他臉上那種驚恐的、急欲逃避的神情，接着，他的身子向外翻去，我聽得他發出了一下慘叫聲，接着，便是整個人跌出大鐵箱，落到了大石上的聲音。

我連忙大聲叫他，可是卻得不到他的回答，我也急忙向外攀去，當我攀上了大鐵箱之後，我才看到狄加度的身子矮屈着，躺在大藏箱旁，一動也不動。

我大吃一驚，連忙跳了下去，落在他的身旁，他並沒有死，可是顯然是在極嚴重的昏迷狀態之中，我連續搖動他的身子，他一點也沒有醒過來的意思。

我真是沒有辦法了，我是無法將他帶出這個岩洞去的，因為從岩洞通向上面的通道是如此之狹窄，就算是一個全然未曾受傷的人，要上去也不是容易的事，我當然無法帶他上去！

而看情形，狄加度的傷勢十分嚴重，他無論如何，需要立即得到治療。我在他的身邊，只呆立了極短的時間，立時便想到，我不能再耽擱下去，時間愈延長，可能奪去狄加度的生命，我必須立即上去找醫生來。

我立時轉身，跳進水中，游到了通道口，抓住那些鐵環，向上攀着，我一直向上攀，喘着氣，由於攀得太急，是以我的身上，被岩石的尖角，擦破了好幾處，好不容易，我攀上了出口處，大廳中一片漆黑，我也不敢着亮電筒，跌跌撞撞地出了大廳。

天氣很好，月白風清，重新又站在天空底下，我好像到了另一個世界一樣，奔到了車旁，我發動車子，直衝了下去，等到我到了那個小鎮上時，正好是午夜時分，小鎮上的人早睡了。

我記得鎮上有一間藥房，那藥房的主人，也就是鎮上唯一的醫生，是以我將車直駛到藥房門口，跳下車來，用力拍着藥房的門。

在寂靜的街道上，我的拍門聲和呼叫聲，真可以稱得上驚天動地，結果，在五分鐘後，我不但叫醒了醫生，而且，還吵醒了其他很多人。

我對那披着衣服，睡眼矇矓走出來的醫生道：「狄加度先生跌傷了，需要你的幫助，請你跟我來！」

老醫生皺着眉，望着我，我道：「他在那座古堡，狄加度古堡的一條地道下面的一座岩洞中，我們在那岩洞之中，發現了——」

我講到這裏，陡地停了下來。

因為我發現我絕對無法在短時間內將事情講得明白的，而狄加度的傷勢，卻不容許多耽擱，是以我住了口，道：「我離開他的時候，他正昏迷不醒，請你立即帶着藥品，和我一起去！」

當我講完這幾句話時，我才覺出，情形有點不對頭。本來，在我和醫生的四周圍已經圍了不少人，還有不少人在奔過來，堪稱人聲嘈雜。

可是當我講完了那一番話之後，四周圍都靜得出奇，當我四面望去時，我發現他們所有人，都充滿了驚駭的神色，在外層的人，正在悄悄退去，離我近的人也作假地打着呵欠走開去！

我略呆了一呆，但是我立即明白，那是他們聽到了「狄加度古堡」的緣故。我已經有過一次經驗，知道當地人，對這座古堡，懷有極度的恐懼，他們相信這座古堡是邪惡的，是有鬼魂盤踞的。

我知道他們忽然靜下來，退了開去，是由於害怕與狄加度古堡牽涉上任何關係之故。我也不在乎他們這種態度，因為我根本不需要多人的幫忙，我只需要醫生跟我去救狄加度！

是以，我四面望了一下之後，立時轉回頭來，可是當我轉回頭來之後，我卻陡地一呆，我看到那位上了年紀的醫生，也正轉過身，走進屋子去！

我連忙伸手，拉住了他的手臂：「醫生，你得跟我去救人！」

醫生轉過身來，望着我，好一會不出聲，我着急道：「你是醫生，是不是？有人受了傷，你應該去救他！」

我的話已說得很重了，相信世界上的任何醫生，都不會拒絕我的要求的。

可是，那位醫生，居然搖了搖頭：「年輕人，我聽說過你們兩個人的故事，剛才你提到狄加度古堡？」

我急忙道：「是的，在那古堡之中，有一條秘道，通到山腹中的一個岩洞，我的同伴，狄加度先生，在那裏遇到了意外。」

老醫生的神情，一望而知，他是要置身事外了。他搖着頭：「你回旅店去，睡到天亮離去，或者，現在就立即離去！」

這時，我們的身邊，已經一個人也沒有了，我只覺得怒不可遏，我要竭力克制着自己，才可以使自己不大叫起來。我的聲音，卻無可避免，變得十分嚴厲：「醫生，你怕什麼？你怕什麼？」

醫生攤着手：「不是我怕什麼，而是我們這個鎮上的人，從來不接近狄加度古堡，這已經有好幾百年的歷史了，從來也沒有人接近過狄加度古堡。」

我大聲道：「為什麼？」

醫生吸了一口氣：「你是外地來的，很難了解這種情形，這個鎮上，沒有外地的居民，我們全是世世代代在這裏居住的，我們的祖先，全是出色的造船匠，他們全在一夜之間，死在當時古堡的主人維司狄加度將軍的劊子手之下！」

我不由自主，打了一個寒噤。

醫生繼續道：「當時，只有一個人，受了重傷之後，還未曾立時死去，他掙扎回到了鎮上，說出了這個事實，並且告訴我們，在那座古堡中，發生過極其可怕的事情，可怕到不能再可怕，他要我們不論相隔多久，都不要走近那座古堡，講完之後就死了！」

醫生講到這裏，略停了一停，才又道：「當時，鎮上的人，在極度的痛楚之下，葬了那人，將他的話，刻在一塊石碑上，豎在他的墓旁，如果你稍為留意的話，你早就可以看到那塊石碑了，幾百年來，我們世世代代，一直記着這些話！」

我苦笑着，搖頭道：「然而，那是幾百年之前的事了，我曾去過那古堡許多次，一點沒有什麼特別，那是早已廢棄了的古堡，現在，有人等着你去救！」

醫生翻着眼，固執地道：「對不起，尤其是那個人，是維司狄加度的後代，我不會去的！」

我看已經沒有辦法說服醫生了，我只好退而求其次：「那麼，你至少可以給我急救藥品，讓我去救他，這樣可以吧！」

醫生只考慮了極短的時間，才點了點頭。

十五分鐘之後，我帶着藥箱，重又在荒僻的路上，駛向古堡。

我將車子駛得飛快，同時，心中也急速地轉着念頭。在醫生的口中，我知道了維司狄加度竟是一個如此殘忍的人，他竟然下了毒手，將當時替他造船的船匠，全都殺死了，那自然是不想他的秘密泄露之故。

然而，他那三艘船，究竟有什麼秘密呢？

從他殺死所有造船匠的行為來看，他在海上，將我的船擠碎；在海底，不由分說，就舉起鐵鎚來襲擊我，那種暴行，簡直是不值一提了。

這樣兇暴殘忍的一個人，如果他還活着、活在水中，這真是叫人一想起來就不寒而慄的事。

路雖然不平，而且曲折，但是由於根本沒有別的車輛的緣故，是以我可以開足馬力，橫衝直撞。

我一面駕着車，一面察看着路程，在我知道，離山頂的古堡，約莫還有

三、四公里路程之際，我已經可以肯定，山頂一定有什麼事發生了！

首先，是大批蝙蝠，發出可怕的聲音，整群向下撲了下來，漫山遍野地亂飛，有不少撞在汽車的擋風玻璃上，發出不斷的「啪啪」聲。

接着，我聽到一連串的轟隆聲，自山頂古堡的所在處，傳了下來。

那種轟隆聲，在我愈是接近山頂時，聽來愈是驚心動魄，我將汽車駕得跳動着，竄上山去，等到我可以看到那座古堡時，我正趕得及看到它最後的一幅牆，搖動着，像是用沙砌成的一樣，緩慢地倒了下來，發出轟然的巨響，以及騰起漫天的塵埃。

我停住了車，奔出車去。

奔了十來碼，我就停了下來。我整個人都呆住了，整座古堡，已完全傾圮了！

這樣巍峨的一座古堡，我離開了才多久？絕不會超過一個半小時。然而，就在這一小時半中，整座古堡不見了，變成了一大蓬凝聚不散的塵埃所籠罩下的一大堆廢墟，這怎麼不叫人驚呆莫名？

我站着，連我自己也不知站了多久，被海風吹散的塵埃，不斷撲面而來，我也不知趨避。

在那段呆立的時間內，我也不及去研究，古堡是何以會突然傾圮的，我只是想到：狄加度怎麼了！

在那一大堆廢墟中，再要找尋那條通道的入口處，那簡直是不可能的事情了！

而且，就算找到了入口處，那應該是多少天之後的事情？狄加度當然已經沒有希望了！

我不但感到難過，而且感到極度的駭然。我想，如果不是我和狄加度，在那大鐵箱之中，起了爭執；如果不是狄加度急急攀出鐵箱而受了傷；如果不是我立即離開古堡的話，那麼，古堡傾塌，我一定也被困在古堡下面山腹中的那個岩洞之中了！

這時候，我唯一的希望，就是希望狄加度根本不要在昏迷中醒過來，他索性一直昏迷着，由昏迷到死亡，就不會有什麼額外的痛苦了。

我一直呆立着，直到出現了曙光，才又慢慢向前走去，直到太陽升起，我完全可以看清那一堆廢墟的情形了。古堡的傾塌，是如此之徹底，看來簡直不再有兩塊石塊，是在它們原來的位置上了！

我又默立了片刻，然後才轉身進了車，回到了小鎮上。在歸途中，我已有了新的決定。到了小鎮之後，鎮上的所有人，像是完全沒有我這個人存在一樣，連望也不向我望一眼。

我留下了房錢，帶着我和狄加度簡單的行李，離開了這個小鎮。

我曾提及過我的新決定，我的決定便是，無論如何，我還要再進那岩洞一次。

當我身在那岩洞之中的時候，我覺得，不由秘道進來，或許也可以從海中潛水進來的。我的新決定，就是要實現我的這個想法。

大半個月之後，我又舊地重遊。當然，我不是再經過那個小鎮，我是從海上去的，和我在一起的，是兩個相當出色的潛水人，我有一條相當好的船，也有一切完善的潛水設備。

我在望遠鏡中，可以清楚地看到山頂上，那座古堡變成一大堆廢墟。

和我一起來的兩個潛水人，對這一帶的海岸，十分熟悉，他們都知道，在這一帶沿海的峭壁下，有着不少岩洞，他們也曾潛進過其中的幾個，不過並沒有到過我所說的那個。

我們將船，駛近峭壁，略為休息一下，就開始潛水。我記得自狄加度古堡之中，直通到那個岩洞之中，並未曾經過多少曲折，由此可知，那岩洞幾乎就在古堡的垂直線之下的，有了這一點辨別方位的根據，要找尋那兩個岩洞，應該不是什麼困難的事。

但是第一天，我們還是沒有什麼收穫，只不過在海底，發現了許多木架和一些木塊、鐵架等物事。經我和那兩位潛水人研究的結果，認為那是以前這裏，曾經作為一個造船廠時所留下來的東西。

那也就是說，當年，維司狄加度就是在這座峭壁之下，建造他那三艘極其古怪的船隻。

第二天，我們潛得更深，範圍也更廣，這一天，我們發現了更多的鐵製品，自然，這些鐵製品，都已經鏽腐損壞到了令人難以辨認出它們的原來面目了。但是我相信，就算它們是極其完整的話，我們一定也難以明白這些是些什麼東西。

因為就「殘骸」看來，這些東西的形狀，是如此之古怪，看來好像是某種機件。然而，難道幾百年前，維司狄加度已經懂得製造一些我們現代人也認不出來的機器？

我和那兩位潛水人，都帶了一些生滿了鏽的這類鐵製品上船來，弄去了鏽，仔細研究，不錯，那的確是一些機件，其中有些明顯地有着齒輪，不過我們絕對無法猜測這些機件的用途。一位潛水人表示，這可能是當時船廠某些特別聰明的技師所設計的工具，例如滑車和起重機之類，對他這種說法，我只好存疑。

第三天，一位潛水人首先發現了一道窄縫，在經過了聯絡之後，我們三個人聚在一起，用強力的水底照明燈，向那條窄縫照射，在燈光下，有兩條巨大的海鰻，蠕動着身子，縮進了石縫中。我們發現這個狹窄的通道十分深，於是決定游進去看看，我在最前面，由強光燈開道，前面全是一團團的海藻，幾乎沒有去路，但繼續前進，水中的岩石，愈來愈高，當我冒出水面的時候，我已經身在那個岩洞之中。

毫無疑問，這就是那個岩洞，那兩位潛水人，也跟着冒上了水面，看到了那口大鐵箱，他們都咋舌不止，我立時游到了大石旁。

在我一進洞時，我心中第一件想到的事是：狄加度怎麼了？

狄加度當然死了，他被困在這岩洞中，已經有二十天了，毫無生還的機會，我應該説，我第一件所想的事，是狄加度屍體怎麼了。

可是，當我來到大石旁的時候，我呆了一呆。

大鐵箱在那塊大石上，可是大石上，除了大鐵箱之外，沒有任何東西。

在我上次離開的時候，我是將昏迷不醒的狄加度，推近鐵箱的，可是現在，他不在那裏。

他可能是清醒過，或許他還有力向上攀去，但是他必然會發現，出路已被阻塞，當他發現了這一點之後，他會怎麼樣呢？

這實在是太可怕的事，可怕得令我無法再向下想去，那兩位潛水人，也上了大石，他們知道我是為了找人而來的，是以一齊問我道：「看來你的同伴不在了！」

我心裏很難過，嘆了一口氣：「他能到哪裏去呢？出路已經被塞住了！」

一位潛水人道：「或許他想游出去，但是結果卻死在水中了！」

我搖着頭：「那也不可能，他沒有潛水設備，不可能由水中離去的！」

我一面說，一面指着那口大鐵箱：「當時，我們就在鐵箱中起了爭執，他從鐵箱的邊緣上，直跌了下來，就昏了過去！」那兩個潛水人可能是由於好奇，一個站在另一個的肩上，攀上了鐵箱，向內看去，在上面的那個，看了一眼之後，轉過頭來：「那麼大的一口鐵箱，竟完全是空的，什麼也沒有！」

我聽得他那樣說，不禁陡地呆了一呆：「不是一無所有，還有些莫名其妙的東西！」

他聽了我的話，又轉回頭去，提起手中的燈來，向大鐵箱中，照了一下，然後又轉頭向我笑道：「我不和你爭，但是你可以來看看！」

他身子一聳，跳了下來，我心中充滿了疑惑，提着燈，踏上了他的肩頭。

當他直起身子來，而我可以看到大鐵箱中的情形時，我也呆住了。

的確，大鐵箱中，什麼也沒有，一點東西也沒有！

這真令我呆住了。當我發現狄加度蹤影不見的時候，我雖然曾呆了一下，但是我離去的時候，狄加度畢竟還未曾死，他自然可以清醒過來，然後，最大的可能，是死在水中！

然而，鐵箱中的那東西，到什麼地方去了呢？

鐵箱中的東西，着實不少，有另外一口小鐵箱，還有不少紙碎，還有一隻盆子。

鐵箱裏面不知是腐爛了的什麼東西，還有許多生了鏽的刀和鉗子，當時我認為那是外科手術的工具，而且，還有一個相當大的架子。

就算狄加度走了，他也決不可能帶着那麼多東西離開的，何況，他何必帶走那些東西呢？

我覺得我的身子不住在發抖，站在大石上的那兩個潛水人，齊聲道：「沒有什麼可看的了，走吧，我們不想在這裏多耽擱，這裏很古怪！」

他們兩人是受僱而來的，當然可以拒絕在這樣的情形之下多作耽擱，我也同意他們的話，儘管我的心中充滿了疑團，但的確已經沒有什麼可以再逗留的了！

我嘆了一口氣，準備離開，可是就在那一剎間，我手中的燈一移，在燈光的照耀下，我看到鐵箱內壁的鏽層，被刮去了一塊。

在鐵鏽被刮去的地方，留着一行字。我連忙將燈光集中在那地方，同時叫道：「等一等，我有了發現！」

我看到那行字，很簡單，只是一行字：「他將我帶走了。」

那一行字，可能是用刀子刻上去的，不過，卻是英文，我幾乎立時可以認得出，那是狄加度的筆迹！

剎那之間，我只覺得一股寒意，自脊樑上直透了出來！「他將我帶走了」，這是什麼意思呢？

意思自然是容易明白的，有一個人，將狄加度帶出了這個岩洞。

然而，這個人是誰？

大石上的兩位潛水人不斷地問着：你發現了什麼？

可是我卻答不上來，一句也講不出，事實上，我不但講不出來，根本出不了聲。

我沒有出聲，也沒有多逗留，就從那位潛水人的肩頭上，跳了下來，道：「我們該走了！」

那兩個潛水人，本就巴不得離開這個岩洞，一聽我那樣說，立時咬上了氧氣筒，跳進了水中。

我向後退着，在那塊大石上，並沒有停留了多久，也跳進了水中。順着那條狹窄的通道游了出來，回到了船上，我不禁坐着發呆。

在我一生之中，有過許多奇異的遭遇，但是，卻沒有一件事像這件事一樣，如此一波三折的，從摩亞船長來找我開始，時間已經過去許久了，每一次，好像事情有了新的頭緒，但是結果，卻更加複雜。

我吩咐那兩個潛水人將船駛開去，我獨自坐在甲板上，閉着眼睛，將事情從頭至尾又想了一遍，可是，我竟無法歸納得出一個初步的結論來。

所有的關鍵，似乎集中在維司狄加度一個人的身上。

當我想到這一點的時候，我整個人都跳了起來：會不會將狄加度帶走的，正是他的上代維司狄加度？

可是，這實在是太荒唐的想法，維司狄加度現在還活着，這已經有點匪夷所思；而他居然還能自由來往，隨心所欲，這更是不可思議了！

而且，就算我想到的這一點是真的，那又怎樣？我又有什麼辦法？我找不到維司狄加度，而且，老實說，我根本永遠不想再見他！

事情從摩亞船長開始，一直發展到這種程度，那是事先無論如何意想不到的，我決定將這件事完全忘記，不過事實上，那是相當困難的一件事。

所以，當若干時日之後，在一個純閒談性質的聚會中，當我知道有一位著名的海洋生物學家在座之際，我不期然向他問起人魚的事。

那位生物學家望着我，笑了起來：「人魚？閣下定是看了太多的幻想小說了！」

我感到很不高興，我喜歡對任何問題均是態度嚴肅的人，我認為那樣才是科學的態度，而不喜歡對問題採取輕佻的、隨便否定態度的人。

本來，我不會再和這位海洋生物學家談下去的，但是由於心中氣惱，所以我忍受不住反唇相譏了一句：「我不是看得太多，而是我根本是寫幻想小說的人！」

那位海洋生物學家，略呆了一呆，笑道：「對不起，我以為你是隨便問問的，我的意思是，就幻想的觀點而論，人魚是存在的，但是在科學觀點上，人魚絕不存在！」

我立時道：「為什麼？海洋生物，千奇百怪，哺乳類生物，也有在海洋中生活的例子，鯨魚就是，為什麼人魚不可能有？」

生物學家皺着眉，道：「如果有一種生物，半身像人，半身像魚，那麼，這種生物，也必然不會是人，仍然是一條魚，不會像人一樣，在海洋中生活，而又具有高度的智慧——」

他講到這裏，略頓了一頓，然後才用較肯定的語氣：「不會有這樣的情形！」

我反駁道：「提到海洋生物的智慧，海豚的智慧，決不比猩猩低，難道人魚的存在，或曾經存在，是一點可能都沒有的事？」

生物學家攤開了手：「這不能憑我們的臆測，科學上，肯定一種生物的存在，唯一的辦法，就是獲得這種生物的標本或者骨骼的化石，我們不能憑空想像有一種怪物，有八個頭，七十幾條尾巴！」

聽得那生物學家這樣說，我不禁長嘆了一聲。

生物學家奇怪地望着我：「怎麼啦？」

我沒有說什麼，只是要了一張紙，在紙上，將我在岩洞中，那兩口小鐵箱中見到的兩具骨骼，畫了出來。

由於這兩具骨骼給我的印象，極其深刻，所以儘管我沒有什麼繪畫天才，但是等畫好了之後，我仍然可以肯定，它們正是這個樣子的。

我將紙放在生物學家的面前：「隨便你信還是不信，我見過兩具這樣的骸骨，在你看來，他們是什麼？」

那位海洋生物學家，接過了我畫了骨骼的紙來，皺着眉，神情十分嚴肅，他看了好一會，才道：「這些骸骨在什麼地方？」

我苦笑道：「我看見過它們，後來，它們跌進了海中，我第二次再去的時候，想找它們，我知道它們在生物學上，有極高的價值，可是我卻一點也找不到了！」

這時候，已有另外幾個人，在一旁聽我和那位生物學家交談，其中一個道：「哈，這就像是有人會見過外太空來的人一樣！」

我聽了不禁火冒，立時轉頭，大聲道：「我不是在和你們討論這件事，最好請你別提出你那種膚淺的意見！」

我甚至不認識那個人，我的態度，自然令得那人極之尷尬，但是我卻不理會他，我正想在一個專家身上得到解決疑點的意見，這種亂來的插口，而又沒有知識的人，真是再討厭不過了！

那位海洋生物學家仍然望着我畫的骸骨，過了好一會，他才緩緩地道：「如果你見到的骸骨，真是這樣的話，那麼，這是人魚，不過，這實在是不可能的，除了你提出過這一點之外，沒有任何人提及過這種生物！」

我苦笑了一下：「如果我說，有一個人，完全是人，並不是一半是人，一半是魚，而一樣可以在海中生活，你自然更不相信了？」

這個問題，我理解到，作為一個生物學家來說，是完全無法回答的，當對方「哈哈」大笑起來的時候，我也沒有什麼異樣的感覺！

他笑了半晌，拍着我的肩頭，道：「算了，我們還是不要再討論下去了！」

我卻還不肯就此停止：「等一等，我們先假設有人魚——在海中生活，和人樣的生物，只是假設，然後，我有一個問題。」

生物學家望定了我，我又道：「那麼，一個正常的人，是不是有可能從人魚處，學會在海洋中生活？」

生物學家搖頭道：「當然不可能，維持生物生命的最主要的原素是氧，人在空氣中生活，直接呼吸氧。魚在水中生活，間接呼吸水中的氧，兩者的呼吸系統、組織是完全不同的，不能變通，除非——

我立時緊張起來，道：「除非怎樣？」

生物學家笑了笑：「除非將人魚的呼吸系統——假定有人魚，移植在這個人的體內，而這個人又不排斥這些器官，那麼，他自然可以在水中生活了！」

我昂起了頭，發着呆，可能是我呆了很久，也可能是那位生物學家，不想再和我這個專作無稽之談的人多談下去，是以，當我定神過來之際，發現只有我一個人坐在這一組沙發上。

在那一段時間中，我思緒極其混亂，對於一切的事，我只能假定，但有一點我是可以肯定的，那便是有人魚，那麼，整件事件，用那位生物學家的話來說，再用幻想的觀點來看，應該可以組織如下：

（一）維司狄加度捉到了兩條人魚。

（二）維司狄加度造了三艘船，這三艘船的構造極其特殊，其中可能有若干機械裝置，使船可以在水中升沉，如同潛艇。

（三）維司狄加度移植了人魚的呼吸器官——那大鐵箱中的許多刀，看來十足是外科手術的工具。

（四）維司狄加度現在還活着，誰知道是為了什麼原因，或許是人在海中生活，比在空氣中生活長壽。

（五）維司狄加度還時時出現，那就是摩亞、我先後遇到過的「鬼船」。

（六）維司狄加度帶走了他的後代，小狄加度能在海中生活麼？還是他又找到了人魚，重施故技？

我只能憑幻想的觀點，組織成這樣的一個輪廓，真的情形如何，除非能找到維司狄加度，才能有真正的答案。可是海洋是如此遼闊，聽說二次世界大戰時，美國空軍為了尋找一艘日本大戰艦，也花了上一年的時間，要是有人有興趣到海中去找維司狄加度，我不反對，但是我卻不會再去了！

尾聲

故事完了。

有人說，你每一個故事，不論通與不通，都有一個自圓其說、似是而非的結論，為什麼這個故事，卻是無頭無尾的呢？

這個故事，其實也不能算是無頭無尾的。頭，開始在摩亞船長來找我；而尾，結束在狄加度的消失。

狄加度到什麼地方去了，沒有人知道，從他刻在大鐵箱上的字迹來看，他是被人帶走的，能帶走他的，沒有別人，當然只有維司狄加度。

如果不願意相信這一點的話，那麼，只好相信他在臨死之前，已在昏迷狀態之中，幻想地看到了維司狄加度，而「跟他去了」——跳進了海水中。

如果是這樣的話，他自然死了，那是不幸的事，跟世界上其他不幸的事一樣。

世界上，太多不幸的事了！

（全文完）

衛斯理小說典藏版　22

沉船

作　　者：　衛斯理（倪匡）
責任編輯：　黎倩雲　鄺素媚
封面設計：　三原色
出　　版：　明窗出版社
發　　行：　明報出版社有限公司
　　　　　　香港柴灣嘉業街18號
　　　　　　明報工業中心A座15樓
電　　話：　2595 3215
傳　　眞：　2898 2646
網　　址：　https://books.mingpao.com/
電子郵箱：　mpp@mingpao.com
版　　次：　二〇二二年七月初版
I S B N：　978-988-8688-68-5
承　　印：　美雅印刷製本有限公司